Das Buch

Endlich Urlaub, endlich wieder Zeit für die Familie, denkt Johann, Mitte sechzig und beruflich erfolgreich als Anwalt tätig. Wie in den Jahren zuvor wird er die Sommerferien auch in diesem Jahr gemeinsam mit Ehefrau Maria und der Familie seiner Tochter Mia in Österreich verbringen. Doch was als glückliche Ferienzeit beginnt, entwickelt sich von Tag zu Tag problematischer. Ausgelöst durch die zufällige Begegnung mit einem elfjährigen Jungen beginnt Johann, über sein bisheriges Leben nachzudenken. Der Ansturm der Erinnerungen wird immer mächtiger, die Auseinandersetzung mit seiner Vergangenheit immer intensiver. Warum hat er sich bei allem Lebenshunger nie richtig ins Leben getraut? Warum ist er der tristen Mittelmäßigkeit seines Alltags nicht entflohen? Und warum holt ihn gerade jetzt die eigene Mutlosigkeit wieder ein? Auch mit Mitte sechzig muss es nicht zu spät sein. Wenn man dazu bereit ist.

Die Autorin

Jule Paul, geb. 1961, arbeitete als Kellnerin, Buchhändlerin und Sekretärin, bis sie schließlich Rechtswissenschaften studierte. Heute ist sie als Juristin in Berlin tätig.

Jule Paul

Taschen voller Sand

Roman

Bibliografische Information der Deutschen Nationalbibliothek:
Die Deutsche Nationalbibliothek verzeichnet diese Publikation in der
Deutschen Nationalbibliografie; detaillierte bibliografische Daten
sind im Internet über http://dnb.dnb.de abrufbar.
©2020 Jule Paul
Herstellung und Verlag: BoD – Books on Demand, Norderstedt
ISBN: 9783752645552

für Moritz

Prolog

Niemand ist dazu verdammt, den einmal eingeschlagenen Weg zu Ende zu gehen. Jeder kann die Richtung wechseln. Theoretisch. Wenn er dazu bereit ist. Manche Menschen ergreifen die sich dazu bietenden Gelegenheiten. Verlassen den gewohnten Weg und wagen das Neue. Dazu braucht es einen starken Willen und vor allem Mut. Den nicht jeder hat. Zumindest nicht in jeder Phase seines Lebens. Was aber, wenn einen die eigene Mutlosigkeit später wieder einholt? Wenn einen die Frage *Was wäre, wenn ...* nicht in Ruhe lässt?

Zwei Wochen können ein ganzes Leben ändern. Wenn man dazu bereit ist.

1

Johann schaute bereits eine Weile gedankenversunken auf den Koffer. Wie immer in den letzten vierundvierzig Jahren hatte Maria es sich auch diesmal nicht nehmen lassen, seine Kleidung für den Urlaub herauszusuchen, um sie dann gebügelt und ordentlich gefaltet in seinen Koffer zu legen. Und wie immer in den letzten zehn oder fünfzehn Jahren würde er den Koffer später unbemerkt noch einmal öffnen, um wenigstens ein paar der khakifarbenen Kleidungsstücke gegen etwas Farbenfroheres einzutauschen. Khaki machte so blass. Und so alt. Aber Maria verzog immer das Gesicht, wenn er sich etwas jugendlicher kleidete. »Das kannst du Erik geben. Der kann so was tragen.«

So ein Blödsinn. An Erik hätte jede kräftige Farbe irgendwie falsch ausgesehen. Es war ja auch keine Frage des Alters, es war eine Frage des Typs. Soweit er sich erinnerte, hatte er an Erik auch noch nie etwas Farbenfrohes gesehen. Immer nur beige, das aber in allen Schattierungen. *Ton in Ton,* sagte Maria immer, wenn Erik eine mittelbeige Hose zu einem hellbeigen Hemd trug. Mit einem Blick, der Johann ahnen ließ, dass ihr diese Kombination auch bei ihm gefallen hätte.

Ob Mia Erik eigentlich auch den Koffer packte? Zuzutrauen war es ihr ja. Obwohl, seit Leos Geburt konzentrierte sich ihre Fürsorge eigentlich ausschließlich auf den Kleinen. Hatte er in den letzten elf Jahren zumindest immer mal wieder gedacht.

Zu gerne hätte Johann gewusst, ob die drei sich eigentlich auf den gemeinsamen Urlaub freuten. Leo bestimmt. Der war ja immer ganz wild drauf, bei Oma und Opa zu sein. Zumindest bei Oma. Aber Mia und Erik? Jetzt, wo sie für Leo keinen Babysitter mehr brauchten. Wer hatte den Urlaub eigentlich vorgeschlagen? Hatten Maria und Mia wieder einmal die Köpfe zusammengesteckt in dem Wissen, dass Erik und er sich ihren Plänen schon nicht widersetzen würden? Oder war es am Ende er selbst gewesen?

Er hätte es beim besten Willen nicht mehr sagen können.

2.

In seinem SUV hätten sie alle Platz gehabt, inklusive Koffer. Aber seit Leos Geburt bestand Mia darauf, den eigenen Wagen zu nehmen. Diesen klapprigen Fiat, den sie schon seit mindestens fünfzehn Jahren fuhren. Und der irgendwann noch mal auseinanderfallen würde. Er würde zu riskant fahren, sagte sie immer. Papperlapapp, er fuhr einfach nur zügig. Da, wo es möglich war. Zügig und vorausschauend. Die ängstlichen Kriecher waren doch das Problem. Die, die mit hundertzwanzig auf der Überholspur fuhren und erst dann nach rechts wechselten, wenn er die Lichthupe betätigte.

Dann würden sie also wieder mit zwei Autos unterwegs sein. Hatte den Vorteil, dass sie am Urlaubsort voneinander unabhängig waren. Denn vermutlich würde ja auch diesmal niemand bereit sein, ihn bei seinen häufig fünf, sechs Stunden dauernden Bergwanderungen zu begleiten, bei denen ja auch regelmäßig etliche Höhenmeter zu überwinden waren. Die im Hotel waren jedes Mal ganz beeindruckt, wenn er kurz vor dem Abendessen von seinen Touren zurückkam. Abgekämpft, schweißnass, dem Berg getrotzt. Die hatten letztes Jahr gar nicht glauben wollen, dass er schon dreiundsechzig war.

Ja, er freute sich auf den Urlaub. Endlich Zeit für die Familie. Und da Maria bei Mia und Leopold gut aufgehoben war, würde er sich auch nach Herzenslust verausgaben können. Tagsüber im Kampf mit dem Berg und abends auf dem Tennisplatz.

3.

Der Empfang im Hotel war überaus herzlich gewesen. Ob man an der Rezeption bereits wusste, wer sich hinter dem Namen Malitz verbarg? Johann hatte sich angewöhnt, bei diesen und ähnlichen Gelegenheiten nur seinen Namen zu nennen, ohne Doktortitel. Klaus Lüderberg wäre das nicht passiert. Der meldete sich sogar am Telefon mit Doktor Lüderberg. Aber Johann mochte dieses protzige Gehabe nicht. Zumindest dann nicht, wenn es so offensichtlich daherkam. Was Maria überaus ärgerlich fand. Viel zu bescheiden sei er, meinte sie dann. Umso stolzer war sie jedoch, wenn er bei nächster Gelegenheit ganz beiläufig und wie aus Versehen den Dr. jur. erwähnte. Gerne auch in größerer Runde. Die erstaunten Augen, die dann nicht nur Respekt für seinen beruflichen Werdegang erkennen ließen, sondern auch für seine Bescheidenheit. Solche Augenblicke waren immer wieder aufs Neue erhebend. Für beide gleichermaßen.

Ihre Zimmer lagen nebeneinander. Im Haupthaus und mit Südbalkon, darauf hatte Johann bestanden. Auch wenn Mia zuerst protestiert hatte, weil ihr das alles mal wieder viel zu teuer wurde. Dabei hatte er doch bei ihren gemeinsamen Urlauben immer einen Großteil der Kosten übernommen. So viel zumindest, dass es seinem Schwiegersohn nicht peinlich sein musste. Was das betraf, befand sich Johann jedoch in einer mehr als schwierigen Gemengelage. Unterhalb eines Zuschusses X war Erik eingeschnappt, weil Johann ja nun wirklich nicht aufs Geld gucken musste. Oberhalb eines Zuschusses Y war Erik jedoch auch beleidigt. Vermutlich, weil dann offensichtlich wurde, dass Erik sehr genau drauf achten musste. Und dass Johann auch nach dem siebten gemeinsamen Urlaub noch keinerlei Gespür für diese Koordinaten entwickelt hatte, lag wohl daran, dass sowohl X als auch Y von Jahr zu Jahr ihre Position wechselten. Ohne eine für Johann erkennbare Logik.

Wenn es nach Maria gegangen wäre, hätte er sowieso alles bezahlt. Er wisse doch, wie knapp die beiden kalkulieren müssten, seitdem Mia nicht mehr arbeiten würde. Ja, das war ihm bewusst. Aber dieses Wissen warf Fragen auf. Fragen, die Maria nicht beantworten konnte. Zumindest nicht zufriedenstellend. Warum in aller Welt hatte sich seine Tochter für einen Mann entschieden, der offenbar nicht in der Lage war, seine Familie standesgemäß über die Runden zu bringen? Da Maria jedoch sowohl diese Frage wie auch andere abfällige Bemerkungen über Erik bereits vor Jahren in den Tabubereich der ehelichen Unterhaltung verbannt hatte, blieb ihm nur, von Zeit zu Zeit sein Unverständnis darüber zu äußern, dass Mia ihre frühere Berufstätigkeit nicht längst wieder aufgenommen hatte. Und das obwohl Leo, ihr einziges Kind, bereits elf Jahre alt war. Aber auch das hörte Maria nicht gerne.

»Das Kind braucht seine Mutter, Johann. Ich habe

doch auch nicht mehr gearbeitet, als Mia unterwegs war.«

»Seit Mia unterwegs war«, korrigierte er sie lachend.

Ja, das hatte sie wirklich nicht. Obwohl er das nie so ganz verstanden hatte.

4.

Der erste Gang hatte die fünf Sterne schon einmal verdient, mit der der Reiseanbieter die hoteleigene Küche beworben hatte. Eine Variation aus frischen Salaten und Kräutern, selbst zubereiteten Croûtons, Sonnenblumenkernen und einem raffinierten Dressing, serviert auf einer quadratischen Schieferplatte. Und das Ganze garniert mit leicht angebratenen Schinkenstreifen vom Bauern aus der Region, wie auf der Karte zu lesen war. Auch die Atmosphäre des Restaurants, einfach vom Feinsten. So musste Urlaub sein.

Hatte er sich vertan oder hatte die Kellnerin ihn vorhin beim Abräumen des Geschirrs recht intensiv angeschaut? Er musste sich versehen haben, so jung und attraktiv, wie sie war. Johann versuchte, sich die Situation noch einmal zu vergegenwärtigen. Die Serviererin war an den Tisch getreten. Er hatte zunächst einen bewundernden Blick auf ihr eng geschnürtes Dirndl geworfen und erst hochgeschaut, als sie mit hinreißend österreichischem Akzent »War alles zu Ihrer Zufriedenheit?« gefragt hatte. Ja, und dann hatte er wohl zwei, drei Sekunden zu lange mit der Antwort gezögert. »Alles bestens, wunderbar.«
Aber in diesen zwei, drei Sekunden hatte sie seinem Blick auf derart intensive Weise standgehalten, dass er plötzlich verlegen weggeschaut hatte. Ob Maria das aufgefallen war? Vermutlich nicht, sie war in solchen

Dingen ja immer recht arglos. Und Mia? Die hatte schon eher ein Auge für sowas. Johann schaute in die Runde. Nein, kein Grund zur Sorge. Alle wirkten entspannt und gut gelaunt.

Aber eingebildet hatte er sich das nicht. Es war ihm nur schon seit längerem nicht mehr passiert. Genauer gesagt, seitdem er die sechzig überschritten hatte. Von da an hatten die aufmunternden Blicke der Frauen nämlich merklich nachgelassen. Dabei hatte er sich kaum verändert. Sein tägliches halbstündiges Lauftraining absolvierte er mit der gleichen Leichtigkeit wie noch vor Jahren. Und im Tennisverein nahm er es auch noch mit jedem auf. Zumindest mit denjenigen, mit denen er sich regelmäßig auf ein Match traf. Wovon aber etliche einige Jahre jünger waren als er. Was war es also? Er hatte in den letzten Jahren doch noch nicht einmal nennenswert viele Haare verloren. Anders als bei den meisten seiner Altersgenossen waren seine Haare sogar noch recht voll. Grau, aber voll. Ein Erbe seiner Mutter. Wofür er ihr wirklich dankbar war.

»Johann, du bist so schweigsam. Bedrückt dich was?« Er schaute hoch. Drei Augenpaare schauten ihn an. Maria wirkte besorgt, Mia skeptisch und Erik teilnahmslos.
»Um Gottes Willen, was sollte einen denn hier bedrücken? Wer sich hier nicht wohlfühlt, dem ist aber wirklich nicht zu helfen.«

Und dann kam auch schon der zweite Gang. Sie hatte die Suppe behutsam auf seinen Platz gestellt. Langsam, fast zu langsam, fand Johann.

Aber diesmal hatte er seinen Blick schnell Maria zugewendet.

5.

Ob er heute schon in die Berge konnte? Marias Erwartungen waren in der Regel ja nicht allzu groß, aber der erste Urlaubstag hatte für sie eine besondere Bedeutung. Schon immer. Als würde sich gerade an diesem Tag zeigen, was man für einander war. Also beschloss Johann, sich ihren Plänen zu fügen. Und die sahen vor, sich mit Badesachen inklusive hoteleigenem Bademantel und weißen Stofflatschen Richtung Pool zu begeben in der Hoffnung, dort noch zwei nebeneinanderstehende Liegen zu ergattern. Da Maria aber wusste, dass dieses Unterfangen mit jedem den Frühstücksraum verlassenden Paar aussichtsloser wurde, hatte sie Johann bereits in aller Frühe geweckt.

Das sind Tage, da muss man durch, hatte sich Johann gesagt. Und so lag er anderthalb Stunden später auf seiner Liege und beobachtete das Treiben rund um das Becken. Da waren Väter, die versuchten, ihren Kleinen mit Hilfe von bunten, biegsamen Kunststoffstangen das Schwimmen beizubringen. *Schwimmnudeln*, wie Mia ihn letztens belehrt hatte. Hatte es früher nicht gegeben. Da hatte es ein aufblasbarer Reifen getan. Er sah Mütter, die die noch Kleineren sachte im Wasser wogen. Manche summten dabei leise vor sich hin. Und Halbwüchsige, die das Ganze mit Arschbomben und anderer Akrobatik torpedierten. Die übliche Schwimmbadatmosphäre also. Was Maria wohl immer wieder hierher zog? Er schaute zur Seite. Da lag sie, in ihren Bademantel eingewickelt und ganz vertieft in ihren Roman. Die Haare ein bisschen zerzaust. Ein Bild, das er, soweit er sich erinnerte, nur aus dem Urlaub kannte. Seine Maria. Zufrieden sah sie aus. War sie ein bisschen fülliger geworden oder war das nur der Bademantel?

»Ihr Glücklichen, wie habt ihr das denn geschafft? Gib's zu, Mama, Papa musste schon vor dem Morgengrauen aufstehen und sein Handtuch auf die Liegen werfen.«
Maria lachte, wie sie immer lachte, wenn Mia sie aufzog. »Ja, so ungefähr. Ich setze meinen Kopf ja nicht oft durch. Aber was das angeht, habe ich keine Skrupel. Dein Vater wird's verkraften, hoffe ich.«

Und dann waren die drei von dannen gezogen und Johann hatte sich gefragt, wie sie wohl ihren ersten Urlaubstag verbringen würden.

6.

Kurz vor dem Abendessen war er noch einmal ins Bad gegangen. Stand ihm gut, diese Andeutung von Bart. Gab ihm etwas Verwegenes. Klaus Lüderberg trug den sogenannten Drei-Tage-Bart sogar während der Arbeitszeit. Konnte er ja auch mal drüber nachdenken, wenn er wieder zurück war.

»Johann, das riecht gut. Ist das neu?«
»Nein, das benutze ich doch schon seit Jahren.«
»Also ich hätte schwören können, seit einer Ewigkeit kein Rasierwasser mehr an dir gerochen zu haben. Aber jetzt komm, die anderen warten bestimmt schon.«
Wenn er auf eins gewettet hätte, dann darauf. Aber nicht, weil sie zu spät waren, sondern weil sein Schwiegersohn bei jeder Gelegenheit mindestens fünfzehn Minuten zu früh auftauchte. Erik benahm sich ja immer ein bisschen zwanghaft. War ihm damals schon aufgefallen. Bei seinem ersten Besuch. Im Wohnzimmer, bei Kaffee und Kuchen. Und Mia hatte sich das auch schon angewöhnt, dieses Überpünktliche.

»Haben die Herrschaften schon gewählt?«
Johann schaute erstaunt hoch. Nur mit Mühe hatte er seine Enttäuschung verbergen können. Hatte er doch heute Abend seinen Blick zum Einsatz bringen wollen. Den Blick, mit dem er vor noch nicht allzu langer Zeit

so manche Frau in seinen Bann gezogen hatte. Die Augenbrauen etwas nach oben gezogen, die Unterlippe ganz leicht vorgeschoben, tiefer Blickkontakt, dann der Wechsel zu einem mehr schelmischen Ausdruck mit einem Hauch von Sinnlichkeit. Ja, den hatte er richtig draufgehabt. Und jetzt hatte er einfach schauen wollen, ob er noch funktionierte. Wer konnte denn ahnen, dass da dieser Kerl in Trachtenhosen stand und mit dem Notizblock im Anschlag auf seine Bestellung wartete.

»Was empfehlen Sie denn?«

„Die gebratene Forelle mit Estragon auf gedünstetem Lauch ist eine Spezialität des Küchenchefs. Da machen Sie sicher nichts verkehrt.«

Seine gewählte Ausdrucksweise stand in direktem Gegensatz zu seinem eher grobschlächtigen Äußeren.

»Und welchen Wein empfehlen Sie dazu?«

Johann liebte es, solche Fragen zu stellen. Denn das taten nur diejenigen, die die Antwort schon kannten.

»Darf's ein leichter Grauburgunder sein?«

Johann nickte gönnerhaft. »Dann haben wir's doch schon. Die Forelle und eine Flasche vom Grauburgunder. Aber wohltemperiert bitte.«

Leo schaute ihn bewundernd an. Ob er dieses Spiel schon verstand? Vermutlich nicht. Aber auch ihm war sicherlich nicht entgangen, dass sein Vater bei Bestellungen im Lokal immer etwas unbeholfen wirkte. Bei Erik hatte man in solchen Situationen immer den Eindruck, als würde er sich für seine Anwesenheit entschuldigen. Das fing schon an mit der Art, den Kellner herbeizurufen. Zaghaft und leise. Was dann in aller Regel auch erst mal übersehen wurde. Einmal hatte er sich eingeschaltet und energisch die Hand gehoben. Sofort hatte der Ober am Tisch gestanden. Aber Mias Blick hatte ihm gesagt, dass er das nicht noch einmal tun sollte.

Süß war er ja, der Kleine. Kam äußerlich direkt nach ihm. So richtig aufgefallen war ihm das jedoch erst letzte Woche, als er mit Maria alte Fotos aus seiner eigenen Kindheit angesehen hatte. Wie aus dem Gesicht geschnitten. Das energische Kinn, die etwas zu große Nase, die Struktur der Haare, sogar den Wirbel an der rechten Stirnseite hatte er von ihm. Nur vom Wesen her hatten sie so gar keine Ähnlichkeit. Leider. Da kam Leo mehr nach Erik und dessen Vater.

Johann beschloss, sich in diesem Urlaub endlich einmal mehr um seinen Enkel zu kümmern. Wie das Großväter eigentlich so machten. So ein richtiges Verhältnis hatten sie ja bis heute nicht aufgebaut. Leo hatte sich von Anfang an immer in Marias Nähe aufgehalten, wenn er sie besucht hatte. Hatte sich manchmal sogar vor ihm versteckt. Unter ihrer Schürze. Was ja verzeihlich war, als er noch kleiner war. Aber jetzt war es höchste Zeit für ein vernünftiges Großvater-Enkel-Verhältnis. *Großvater*, wie schrecklich sich das anhörte.

Vielleicht sollte er ihm ja morgen mal eine Trainings-
stunde im Tennis spendieren. War ja fast schon zu spät
mit elf. Erik hatte in der Vergangenheit immer neue
Ausreden ersonnen, wenn er das Thema angesprochen
hatte. Aber jetzt würde er keinen Vorwand mehr gelten
lassen.

Gleich morgen würde er das an der Rezeption klären.

7.

»Heute ist bei Johann Gipfelsturm angesagt«, hatte
Maria den drei anderen lachend beim Frühstück ange-
kündigt. Und dann war er losgezogen. Während er sich
die Schuhe anzog, hatte er den Eindruck gehabt, als
würde Erik kurz überlegen mitzukommen. Aber der
Eindruck währte nicht lange, denn Erik hatte sich dann
schnell wieder anderen Beschäftigungen zugewendet.
Hätte ihn auch gewundert. Zu einer so spontanen Ak-
tion war Erik ja auch gar nicht in der Lage. Bei ihm
musste ja alles von A bis Z geplant und durchorgani-
siert sein. Wenn irgendeine Unternehmung anstand,
verstrickte er sich regelmäßig so intensiv in detailge-
naue Vorbereitungen, dass sich das Vorhaben in der
Endphase seiner Planungen meistens bereits auf die
ein oder andere Weise erledigt hatte. Und eine Berg-
wanderung würde vermutlich schon an den passenden
Schuhen scheitern.

Nach Riezlern hatte er den Bus genommen. War auch
nicht umständlicher, als erst einen Parkplatz und dann
noch einen Parkscheinautomat zu suchen, um dann
festzustellen, dass man nicht genug Kleingeld dabei-
hatte. Und das Risiko, ein Knöllchen zu kriegen, wollte
er auch nicht eingehen. Nicht im Ausland. Hatte er einmal in Spanien mit einem Leihwagen erlebt. War ganz
schön teuer gewesen, als ihn der Bescheid schließlich
in Deutschland erreicht hatte.

An der Talstation der Kanzelwandbahn sah er den Wegweiser Richtung Riezler Alpe. Jetzt konnte es losgehen. Er würde die Route über den Grundsattel nehmen und dann bis zur Kanzlerwand. Etwa fünfeinhalb Stunden würde die Wanderung dauern. Ohne Rast.

Ganz schön steil, der Weg. Seltsam, seiner Erinnerung nach sollte es doch erst nach etwa zwei Kilometern kräftiger ansteigen. Er war definitiv aus der Übung. Vielleicht hätte er zum Aufwärmen eine weniger anspruchsvolle Strecke auswählen sollen. Aber hatte er sich jemals zaghaft einer Aufgabe genähert? Sein ganzes Leben lang hatte er doch zum Draufgängertum geneigt. Immer mit Kraft voran. War ja schon im Studium so. Während seine Studienkollegen bereits über die Anforderungen des Jura-Studiums stöhnten, hatte er nebenbei noch Betriebswissenschaften studiert. Und dann noch die Promotion. Finanziert durch das dürftige Unigehalt und zwei Nebenjobs, weil die Eltern ihm nichts hatten dazu tun können. Und Marias Verdienst nicht der Rede wert gewesen war. Auch in der Kanzlei hatte er von Anfang an in der ersten Reihe gestanden. Zumindest unter den angestellten Anwälten. Johann, unsere Wunderwaffe für unlösbare Fälle, wie es ein früherer Kollege einmal bewundernd formuliert hatte.

Und all das war gar nicht absehbar gewesen, damals. Er, der Junge aus dem Hexenhaus, wie ihr Haus im ganzen Dorf genannt wurde. Warum überhaupt Hexenhaus? Es war ärmlich gewesen bei ihnen, Anfang der fünfziger Jahre, sehr ärmlich sogar. *Mit nichts sind die damals hier angekommen. Nur Sand in den Taschen.* Wie oft hatte er diese oder ähnliche Sätze gehört. Von den Leuten im Dorf. Hinter vorgehaltener Hand. Aber doch so laut, dass er es hatte verstehen können. Da musste er so um die zehn Jahre alt gewesen sein. An die Zeit vorher konnte er sich ja auch gar nicht mehr so richtig erinnern. Am schlimmsten aber war die Sache mit dem Klo gewesen. Besser gesagt dem fehlenden Klo. Und anstelle des Klos der Donnerbalken, wie sein Vater ihn immer genannt hatte. Auf den man sich gehockt und dann einfach alles unter sich fallen gelassen hatte. *Platsch* hatte es dann in der darunter liegenden Tonne gemacht. Wie voll die Tonne war, hatte man immer daran erkennen können, wie lange es bis zum *Platsch* gedauert hatte.

Wie sehr er sich bei Marias erstem Besuch geschämt hatte.

8.

Er hätte es kommen sehen müssen. Wusste er doch, wie sich ein Wetterumschwung ankündigte. Anfangs hatte er die immer dunkler werdenden Wolken einfach ignoriert und irgendwann war er so weit von der nächsten Hütte entfernt gewesen, dass ein Umkehren auch keinen Sinn mehr gemacht hätte. Wie dumm, dass er sich in seinem morgendlichen Übermut noch nicht einmal Regenkleidung eingesteckt hatte.

Die Wege waren mit zunehmendem Regen immer glitschiger geworden und nach kurzer Zeit auch gar nicht mehr richtig zu erkennen gewesen. Und der Nebel war plötzlich so dicht gewesen, dass er irgendwann einfach die Orientierung verloren hatte. Ob Maria die Rettungswacht anrufen würde, wenn er nicht wie versprochen zum Abendessen wieder im Hotel sein würde? In solchen Dingen war sie sehr zurückhaltend, fast scheu. Wollte keine Umstände machen, wie sie es nannte. Und es hätte ja sowieso keinen Sinn gemacht, da niemand wusste, wo er war. Als er dann irgendwann festgestellt hatte, dass er auch auf seinem Mobiltelefon keinen Empfang hatte, war er einfach nur noch kopflos nach unten gerannt. Aber ein richtiges Unten hatte es dann gar nicht gegeben. Er hatte das Gefühl, nur noch hoch und runter zu rennen, ohne zu wissen wohin.

Wahrscheinlich war er mittlerweile schon dreimal im Kreis gelaufen. Auf jeden Fall hatte er den Verdacht, hier schon einmal gewesen zu sein. Dieser Jägersitz kam ihm so bekannt vor. Er konnte sich aber auch täuschen. Bei diesem Wetter sah ja alles gleich aus. Inzwischen hatte er jegliches Gefühl für Richtung und Zeit verloren. Vielleicht konnte er sich an den Bergspitzen orientieren. Aber auch das gelang ihm nicht. Die dichten Tannen ließen ihn kaum mehr als zwanzig Meter weit sehen. Wenn er wenigstens einem anderen Wanderer begegnet oder irgendwo ein Wegweiser aufgetaucht wäre. Oder er auf Waldarbeiter getroffen wäre, wie sonst so oft. Wenn das so weiterging, würde er hier noch übernachten müssen. Ohne Decke, ohne Proviant, ohne alles. Johann wurde schwindelig bei diesem Gedanken. Er hielt sich kurz an einer Tanne fest und fing dann wieder an zu laufen. Ich muss die Richtung halten, sagte er sich. Einfach immer weiter geradeaus. Dieser verdammte Weg muss doch irgendwohin führen. Ob er um Hilfe rufen sollte? Nein, das würde er sich aufheben. Nicht jetzt schon das ganze Pulver der Möglichkeiten verschießen.

Als ihm langsam die Puste ausging, war dann endlich diese Straße aufgetaucht. Und irgendwann dann auch ein Wegweiser. Drei Kilometer bis Riezlern. Erschöpft setzte er sich auf den nassen Boden. Geschafft. Er hatte es geschafft. Wie er immer alles geschafft hatte.

Hatte er Angst gehabt? Ja, so ungern er es sich einge-stand, er hatte sogar Anflüge von Panik gespürt. Panik, die irgendwo in der Bauchgegend ihren Anfang nahm und sich dann langsam ihren Weg Richtung Kehle bahnte, um dann in seinem Kopf so ein schreckliches Kribbeln zu verursachen. Und das in immer schneller werdenden Schüben. Er kannte das. Die Orientierung zu verlieren, machte ihm Angst. Hatte ihm immer Angst gemacht. Schon damals als Kind, wenn er mit seinen Eltern im Wald spazieren gegangen war und sie sich dann plötzlich hinter irgendwelchen Bäumen ver-steckt hatten. Um ihn ein bisschen zu erschrecken. Sie hatten das spaßig gefunden und sich wahrscheinlich gar nichts dabei gedacht. Aber er hatte plötzlich alleine dagestanden und niemanden mehr gesehen. Das Herz war ihm jedes Mal in die Hose gesackt vor Angst. Bis sie dann plötzlich lachend wiederaufgetaucht waren.

Drei Kilometer lagen noch vor ihm. Drei Kilometer im strömenden Regen. Aber was waren schon drei Kilo-meter, wenn man seine Orientierung wiedergewonnen hatte? Nur noch kurz ausruhen und dann weiter. Lang-sam kehrte seine Kraft zurück. In Riezlern musste er nur noch einen Bus erwischen und dann würde er in spätestens zwei Stunden im Hotel sein. Zum Abendes-sen. Das er sich dann aber auch wirklich verdient hatte.

Jetzt aber los, sonst würde er das Essen noch verpas-sen. Ob er den anderen von seinem Irrweg erzählen sollte? Er musste ja nicht jedes Detail erwähnen. Aber von dem Wetterumschwung würde er auf jeden Fall berichten. Und dass er dann irgendwann einfach querfeldein gegangen war. Ging ja gar nicht anders, so nass und verdreckt wie er war.

Was war er doch für ein Kerl. Erik saß jetzt wahrscheinlich über ein Buch gebeugt im Ohrensessel, während er den Naturen trotzte. Er, der dreißig Jahre mehr auf dem Buckel hatte. Was Mia nur an dem fand. Da hinten, waren das nicht die ersten Häuser von Riezlern? Johann rannte ein paar Meter, bis er ganz sicher war. Dann verlangsamte er seinen Schritt.

Maria hatte erleichtert gewirkt, als er wenig später völlig durchnässt das Hotelzimmer betreten hatte.

9.

Ob er heute noch mal loskonnte? Manchmal war es für Johann schwer einzuschätzen, in welchem Takt Maria seine Anwesenheit erwartete. Sie würde so etwas ja auch nie offen aussprechen. Ihre Enttäuschung war ihr dann nur immer anzumerken. An kleinen Gesten, Nuancen der Mimik und manchmal auch an der Stimme. Sie sprach dann etwas höher und auch ihre Ausdrucksweise wirkte dann immer ein wenig gekünstelt. Und all das war wesentlich schlimmer, als wenn sie offen zornig gewesen wäre.

Als sie morgens beim Frühstück dann jedoch so offensichtlich gut gelaunt war, fast ein bisschen aufgedreht, hatte Johann daraus kurzerhand die Billigung einer weiteren Wanderung abgeleitet. Er würde den Weg von gestern noch einmal gehen. Er wollte nachvollziehen, an welcher Stelle er gestern die Orientierung verloren hatte und warum. So was durfte einfach nicht passieren. Nicht ihm, der immer von sich behauptete, man könne ihn zehnmal im Kreis drehen und er würde danach immer noch die richtige Richtung einschlagen. Ohne überlegen zu müssen. Einfach instinktiv.

Aber diesmal würde er das Auto nehmen und genug Kleingeld einstecken. Er wusste ja jetzt, wo man parken konnte. Als er den steilen Weg wenig später zum zweiten Mal hochstapfte, spürte er eine Kraft wie schon

lange nicht mehr. Man musste sich einfach nur for-
dern, dann kam die Kraft wie von selbst. Tage am Pool
machten schlapp. Und alt. Das war einfach nichts für
ihn. Warum Maria auch nie mitkam. Zu Anfang ihrer
Beziehung war das doch noch ganz anders gewesen. Sie
war so agil und für jeden Quatsch zu haben. Und sie
war schön. Die Schönste im ganzen Dorf. Gott, wie
lange war das her? Er, der Nichtsnutz aus zweifelhafter
Familie. Die Zugezogenen, wie man sie im Dorf genannt hatte. Gerade mal achtzehn und ohne jede Per-
spektive. So schien es zumindest, damals.

Und Maria? Maria war das Mädchen, das alle haben
wollten. *Die Dorfprinzessin*, hatte seine Mutter immer
gesagt. Auf der Dorfkirmes hatte er sich zum ersten
Mal getraut sie anzusprechen. Bis dahin hatte er sie immer nur bewundernd aus der Ferne angeschaut. War
sie doch zwei Jahre älter als er und hatte ihn bis zu diesem Tage keines Blickes gewürdigt. Aber dann, beim
abendlichen Dorffest, war alles anders geworden. Er
hatte all seinen Mut zusammengenommen und sie zum
Tanzen aufgefordert. Nie würde er ihren Blick vergessen, als er vor ihr stand und unbeholfen mit der
Hand auf die Tanzfläche gezeigt hatte. War es seine
Schüchternheit, die sie damals dazu bewegt hatte, seiner Aufforderung zu folgen? Was immer es war,
schließlich tanzten sie nicht nur diesen, sondern auch
noch die nachfolgenden fünf Tänze. Er hatte sie ge-
zählt. Und mit jedem weiteren Tanz war seine Sicherheit gewachsen. Zum Schluss hatte er sie fest im Arm

gehalten und sich geschworen, sie nicht mehr gehen zu lassen.

Hier war die Stelle. Jetzt, im Schein der strahlenden Sonne, sah alles ganz anders aus. Ganz simpel. Er hätte einfach nur geradeaus laufen und hinten an der Böschung rechts abbiegen müssen. Dann noch ein Stück weiter den Berg hoch und links auf den schmalen Pfad. Wie hatte er nur so die Nerven verlieren können?

Nerven behalten, das hatte er sich auch heute Morgen gesagt. Als sie plötzlich wieder am Tisch gestanden hatte. Dezent duftend. Nach einer Mischung aus Melone und Orange. Ein Duft, den er mochte. Und dann diese leichte Berührung, während sie ihm den Cappuccino serviert hatte. War die beabsichtigt? Also einfach so passierte einem das nicht. Und einer solchen Frau schon gar nicht.

Aber das mit dem Blick, das hatte er nicht hinbekommen. Wie auch? War ja alles viel zu plötzlich gewesen. Zumal er ja auch gar nicht hatte sehen können, ob Maria ihn gerade beobachtete.

Aber das ließ sich ja nachholen. Es blieben ihm ja noch ein paar Tage.

10.

Seinem Gefühl nach war heute so ein Tag, an dem er besser zuhause blieb. Also im Hotel, im Kreis der Familie. Zumal Maria heute Morgen auch deutlich weniger gut gelaunt gewirkt hatte. Und das mit der Tennisstunde stand ja auch noch aus.

»Tennisstunde?«, hatte Erik erstaunt gefragt. „Also, ich habe hier keinen Tennisplatz gesehen.«

Das kann ja wohl nicht wahr sein, dachte Johann und schüttelte empört den Kopf. Erik kannte doch seine Begeisterung fürs Tennisspielen. Hatte er das bei der Buchung etwa völlig außer Acht gelassen?

»Fußballspielen kannst du hier, wenn's dich in den Beinen juckt«, hatte sein Schwiegersohn dann noch lachend hinterhergeschoben. »Aber mehr ist hier, glaube ich, nicht drin.«

Manchmal hatte Johann das Gefühl, als würde in Erik etwas Gehässiges schlummern. Er schien sich immer ein bisschen zu freuen, wenn bei ihm etwas schieflief. Die Rache des Zukurzgekommenen? Nahm er ihm seinen Erfolg übel?

»Und der Lütte? Meinst du, der hat Lust dazu?«

Johann sagte seit kurzem gerne *der Lütte* zu Leo. Hatte er bei einem Mandanten aus Norddeutschland gehört und sofort in seinen Wortschatz integriert. Auch wenn Maria ihn dann immer ein wenig missbilligend ansah.

»Weiß nicht. Für Sport interessiert er sich eigentlich nicht. Und für Fußball schon gar nicht.«

Alles andere hätte mich auch erstaunt, dachte Johann. Wo hätte es denn auch herkommen sollen? Bei einem Vater, der sich wahrscheinlich schon in der ersten halben Stunde den Knöchel verstaucht hätte. Er musste sich unbedingt mehr um den Jungen kümmern. Puzzeln, Zaubern und Minigolf, das konnte es ja wohl nicht sein. Auslachen würden sie ihn in der Schule, wenn er so weitermachte. Wenn sie es nicht jetzt schon taten.

»Leo, Lust auf 'ne Runde kicken?«

»Leopold, Papa! Der Junge heißt Leopold!«

»Leopold, komm wir gehen kicken.«

Leo schaute seinen Großvater erstaunt an und nickte. Erstaunt angesehen hatten sie ihn dann auch an der Rezeption, als er dort nach einem Ball gefragt hatte. Ein Großvater, der mit seinem Enkel auf den Fußballplatz ging. Das erlebten sie bestimmt nicht oft.

Der Platz war klein, aber immerhin ein Platz. Johann beschloss, zunächst einmal ein bisschen aufs Tor zu schießen.

»Gehst du ins Tor, Leo? Wir können dann gleich ja auch mal wechseln.«

Leo schlurfte Richtung Tor.

»Nicht auf der Torlinie stehen. Komm mal ein bisschen raus, du musst den Winkel verkürzen.«

Leo schaute ihn ungläubig an und ging dann einen Schritt nach vorne. Was den Winkel allenfalls minimal verkürzte. Mein Gott, kannte der Junge denn noch nicht einmal die elementarsten Regeln?

Johann ging ein paar Schritte zurück, nahm Anlauf und schoss den Ball in die rechte obere Ecke. Wow, er konnte es noch. Wie lange das wohl her war, dass er das letzte Mal auf einem Platz gestanden hatte? Damals in der Dorfmannschaft wahrscheinlich. Aber so etwas verlernte man einfach nicht. Wenn man Ballgefühl hatte, wie er.

Und noch mal. Jetzt in die linke Ecke, aber diesmal flach. Wieder drin.

»Leo, du stehst schon wieder auf der Torlinie. Komm raus! Und keine Angst vor dem Ball!«

Schließlich hatten sie gewechselt und Leo hatte aufs Tor geschossen. Mit der Spitze. Es war zum Heulen.

Ja, er hatte sich Mühe gegeben, das hatte man gemerkt. Aber so sehr er sich auch angestrengt hatte, es blieb ein Trauerspiel. Und das war leider nicht die Folge fehlenden Trainings. Das hätte man ja nachholen können. Nein, der Junge war offensichtlich völlig untalentiert.

»So, genug für heute. Lass uns mal schauen, was die anderen machen.«

Leo hatte ihn enttäuscht angesehen. Hatte ihm diese Prozedur etwa auch noch Spaß gemacht?

»In Ordnung, Opa, aber morgen kommst du noch mal mit, oder?«

Johann versuchte, sein Erstaunen zu verbergen.

»Ja klar, morgen geht's weiter!«

Fast ein bisschen erleichtert stellte er fest, dass die anderen wohl unterwegs waren. Oder am Pool.

»Keiner da, Leo. Und jetzt? Kommst du mit in die Berge?«

Leo hatte ihn aus großen Augen angeschaut und dann zaghaft den Kopf geschüttelt.

»Nicht böse sein, Opa.«

11.

Johann hielt die Hand schützend vor die Stirn, um besser sehen zu können. Dieser Blick war einfach göttlich. Es gab nur wenige Gefühle, die erbauender waren als nach einem gut dreistündigen steilen Anstieg auf dem Gipfel anzukommen und die Aussicht zu genießen. Schweißnass, erschlagen, aber angekommen. Und dann in der Alm einen Erbseneintopf mit Würstchen zu essen und dazu ein großes Radler. Und danach noch eine Buttermilch. An den anderen Tischen saßen ausschließlich Gruppen, Familien oder Paare. Die sich lachend unterhielten. Nur er saß wie immer alleine da. Hätte jubeln können vor Glück. Nur dass er dieses Gefühl mit niemandem teilen konnte.

Früher war Maria wie ein junges Reh über die Bergwege gesprungen. Hatte gar nicht genug kriegen können. Immer noch ein Stück weiter, noch ein bisschen höher. Am Anfang ihrer Ehe. Wie glücklich sie damals gewesen waren. Als Marias Eltern irgendwann den Widerstand gegen ihre Verbindung aufgegeben hatten. Die Verbindung mit dem Zugezogenen. Am schlimmsten hatte ihr Vater gewütet. Der Großbauer aus der Eifel, der seit Marias Geburt fest davon ausgegangen war, dass Marias spätere Heirat zu einer Vergrößerung seiner Ländereien beitragen würde. Und dann war er gekommen. Der aus dem Hexenhaus. Dessen Eltern froh waren, wenn sie die Schulbücher finanzieren konnten. Was ja auch nicht so einfach war *mit nur Sand in der Tasche.* Seltsam, dieses Bild hatte ihn bis heute nicht verlassen. Wenngleich es mittlerweile auch eine völlig andere Bedeutung hatte.

Der Kerl is nix für dich, Maria. Datt sin Fremde. Da kütt noch watt Besseres, da kannste mich für ansehen, hatte Maria ihren Vater einmal lachend zitiert. Aber sie war eisern geblieben. Einmal im Leben hatte sie sich gegen ihn durchgesetzt. Wie unangenehm von da an jedes Zusammentreffen mit ihrer Familie gewesen war. Er war nun der Geduldete. Der, den man nicht hatte verhindern können. Dem man unterstellte, reich einheiraten zu wollen, wie man es damals nannte.

War das der Ansporn gewesen, etwas zu erreichen im Leben? Hatte er es ihnen zeigen wollen? Oder hatte er Maria beweisen wollen, dass sie unrecht hatten mit ihren Vorurteilen und Unterstellungen? Vielleicht war es so, vielleicht aber auch nicht. Wer konnte schon so genau sagen, warum sich die Dinge so und nicht anders entwickelt hatten. Auf jeden Fall war der Ton in Marias Familie von Jahr zu Jahr freundlicher geworden. Mit jedem Karriereschritt war ihm mehr Wohlwollen entgegengekommen. Er war zwar immer noch nicht der mit dem Land, aber jetzt war er der mit dem Titel. Und der bedeutete was in der Eifel.

Von da an war Maria in den Augen ihres Vaters rehabilitiert gewesen. So wie er es ihr von Anfang an prophezeit hatte.

12.

»Du wolltest doch heute mit mir auf den Fußballplatz, Opa!«

»Heute?«

»Ja, heute. Haben wir doch gesagt.«

»Haben wir gesagt. Stimmt.«

»Wann denn, jetzt?«

Und dann hatten ihn vier Augenpaare halb vorwurfsvoll, halb fragend angesehen, womit die Frage dann auch schon beantwortet war.

Es nieselte leicht, als sie sich auf den Weg zum Platz machten. Von weitem sah er, dass sie diesmal nicht alleine sein würden. Vielleicht konnten sie ja zu dritt spielen. Auch wenn er befürchtete, dass Leo das aus Furcht vor einer Blamage nicht recht sein würde. Aber er würde das übergehen und den Kleinen einfach fragen. Als sie näherkamen, sah er, dass der Junge in Leos Alter sein musste. Er wartete kurz. Vielleicht würde Leo ja doch die Initiative ergreifen. Fehlschlag. Dann eben er.

»Hey, wollen wir zu dritt spielen?«

Der Junge musterte ihn skeptisch. Dann nickte er kaum merklich. Johann spielte ihm den Ball zu. Leichtfüßig nahm der Junge den Ball auf, jonglierte ihn ein paar Mal abwechselnd auf Füßen und Knien und schoss ihn dann gekonnt zu Johann zurück. Johann gab den Ball an Leo ab, der ihn unbeholfen zu ihrem

41

neuen Mitspieler passte. Oh je, das würde ein Fiasko geben. Er sah es schon kommen. Um Gottes Willen keine Schüsse aufs Tor wie gestern, sonst würde Leo bestimmt die Lust verlieren.

»Wie heißt du? Das ist Leo und ich bin sein Großvater.«

Blöde Vorstellung, aber was hätte er anders sagen sollen? Ich bin Herr Malitz? Definitiv zu steif für den Fußballplatz. Ich bin Johann? Auch unpassend, einem Kind gegenüber.

»Kannst Johann sagen.«

»Lasse«, antwortete der Kleine und sprintete entschlossen Richtung Tor. Die leidige Torfrage war damit also auch entschieden.

Johann legte den Ball auf den Sieben-Meter-Punkt und suchte sich eine Ecke aus. Rechts oben, wie gestern. Und dann Schuss. Nein! Dieser knappe ein Meter fünfzig war in die Ecke gesprungen und hatte den Ball gehalten. Respekt! Der hatte es drauf. Nun war Leo dran. Johann biss die Zähne zusammen. Fast so, als wäre er der Blamierte, wenn das jetzt in die Hose ging. Was es dann auch tat. Leopold sah in unsicher an.

»Nicht schlecht«, hörte er sich sagen. Und es war so, als wäre nicht er es gewesen, der das ausgesprochen hatte.

»Kann ich jetzt mal schießen?«, fragte Lasse.

Johann beschloss, sich vorsichtshalber selbst ins Tor zu stellen. Jetzt nur nicht versagen. Nicht gegen ein Kind. Nicht in Leos Gegenwart. Dummerweise ließ

Lasse durch nichts erkennen, in welche Ecke er schießen würde. Also suchte sich Johann eine Ecke aus. Wie
früher. Lasse nahm Anlauf und Johann sprang.

Verdammt, dieser kleine Knirps.

»Ich muss gehen. Meine Mama wartet.«

Lasse hatte sich bereits auf den Weg zum Ausgang gemacht.

»Wie alt bist du eigentlich?«, hatte Johann ihm noch
hinterhergerufen.

»Elf«, rief Lasse zurück.

Elf, dachte Johann.

Sein rechtes Auge fing an zu zucken.

13.

Johann war mit Kopfschmerzen aufgewacht. Starken Kopfschmerzen, wie er sie nur selten hatte. Und seine Glieder schmerzten. Was war nur los mit ihm? Krank mochte er sich nicht. Er war einer, der die Zähne zusammenbiss, sich nicht hängen ließ. Ob er eine Tablette nehmen sollte?

»Bleib doch erst mal im Bett liegen und ruhe dich aus. Und dann schauen wir mal, wie es dir heute Mittag geht. Ich setze mich einfach ein bisschen zu dir und lese.«

Kam gar nicht in die Tüte. Dann würde er sich ja noch kränker fühlen. Irgendwann hatte sie dann eingewilligt, an den Pool zu gehen. Typisch Maria. Sie war so fürsorglich. Hatte immer an seiner Seite gestanden.

Eine Welle der Wärme durchströmte ihn bei diesem Gedanken. Nach Fürsorglichkeit hatte er sich seine ganze Kindheit gesehnt. Aber bei vier Geschwistern war davon nicht viel übrig geblieben für ihn. Was vielleicht daran lag, dass er sich im Reigen der fünf Kinder genau in der Mitte befunden hatte. Also in der denkbar schlechtesten Position. Zumindest in seiner Familie. In der ein Großteil der elterlichen Aufmerksamkeit auf die Jüngste, das Nesthäkchen, gerichtet war. Jeder Wunsch war ihr von den Augen abgelesen worden. Im Rahmen der Möglichkeiten natürlich. Die zweitjüngste war aber auch noch ganz schön verwöhnt worden, soweit er sich erinnerte. Und das bisschen, das dann noch übrig geblieben war an Aufmerksamkeit, das hatte sich auf seine beiden älteren Brüder konzentriert. Denn die hatten derart viel Unsinn im Kopf gehabt, dass sie eigentlich unter Daueraufsicht hätten gestellt werden müssen. Und er? Er war irgendwie dazwischen gerutscht. Zu alt, um verhätschelt zu werden, zu jung, um Anlass zu ernsthafter Sorge zu geben. Unsichtbar hatte er sich manchmal gefühlt. Und ab und zu hatte er sich gefragt, ob sich das vielleicht ändern würde, wenn er einmal richtig krank werden würde.

Nur bei seiner Großmutter, da hatte er sich aufgehoben gefühlt. Manchmal hatte er sich nach den Schulaufgaben zu ihr ins Wohnzimmer gesetzt. Das direkt zwischen den beiden Kinderzimmern lag. Im Hexenhaus. Ihr hatte er auch die Entscheidung zu verdanken, aufs Gymnasium zu gehen. Was gar nicht üblich war damals. Und bei Leuten wie ihnen schon gar nicht. Sie hatte als einzige erkannt, welches Potenzial in ihm steckte und so lange auf seinen Vater eingeredet, bis dieser schließlich zugestimmt hatte.

Ihr hatte er auch alles erzählen können. Manchmal hatte sie während ihrer Gespräche dann sogar eine Flasche Wein aufgemacht. Als er schon größer war. Wein, der so sauer geschmeckt hatte, dass sie sich immer ein bisschen Zucker ins Glas gerührt hatten.

Aber auch dieses Vergnügen hatte immer nur so lange gedauert, bis sein Cousin auf der Bildfläche erschienen war. Gustav besuchte seine Großmutter nicht oft und wenn, dann nur, um ihr irgendwelche zerfledderten Hosen zu bringen, die sie dann flicken sollte. Und solche Aufträge duldeten offensichtlich keinen Aufschub. Zumindest nicht, wenn sie von Gustav kamen. Seine Großmutter hatte sich dann immer sofort an ihre Nähmaschine gesetzt. Im Nähen war sie geschickt gewesen. Es hatte kaum etwas gegeben, das sie nicht wieder in Ordnung gebracht hatte.

Einmal hatte Johann *Vorsicht Gift* auf das Etikett der Weinflasche geschrieben und einen Totenkopf dazu gemalt. In der Hoffnung, dass Gustav dann nicht daraus trinken würde. Aber der hatte die Flasche dann trotzdem geleert und Johann dabei grinsend angesehen. Mit einem Gesichtsausdruck, als wolle er sagen: *Wenn ich hier bin, hast du nichts zu melden. Gewöhn dich besser dran.* Und so war es auch. Mit Gustavs Besuch war die Atmosphäre jedes Mal von einer auf die andere Minute gekippt. Schluss mit erzählen. Jetzt stand Gustav im Scheinwerfer ihrer Aufmerksamkeit. Gustav, der Sohn ihrer Lieblingstochter. *Der kleine Prinz*, wie sein Vater Gustav immer genannt hatte. Und in solchen Situationen hatte er die Einsamkeit dann immer noch viel deutlicher gespürt.

Sich in einer so großen Familie alleine zu fühlen ist ja auch schon ein Kunststück, hatte er später oft gedacht. Weggegangen war das Gefühl erst, als Maria aufgetaucht war. Sie hatte immer sofort bemerkt, wenn irgendetwas nicht stimmte und ihn dann erst mal lange in den Arm genommen. So ist das also, wenn man geliebt wird, hatte er sich in den Anfängen ihrer Beziehung häufig gesagt. So warm, so sicher.

»Wollte nur mal schauen, wie es dir geht.«
»Schon besser. Lass mich einfach noch ein bisschen liegen. Ich melde mich, wenn ich etwas brauche, versprochen.«

Und dann war Maria wieder Richtung Pool gegangen.

14.

Zumindest zum Abendessen würde er runtergehen, beschloss Johann, als die Schmerzen im Laufe des Nachmittags etwas nachgelassen hatten. Aber jetzt noch ein bisschen dösen. Er schaute aus dem Fenster. Dichte, graue Wolken hingen über dem Tal. An der Wasseroberfläche des Beckens sah er, dass es nieselte. So ungemütlich, wie es heute war, würde er sowieso nichts verpassen.

Mia hatte sich den ganzen Tag nicht nach ihm erkundigt. Seltsam, in dieser Beziehung hatte sie so gar nichts von ihrer Mutter. Oder war sie nur ihm gegenüber so teilnahmslos? Eigentlich war ihre Beziehung ja nie so richtig eng gewesen. Mia hatte sich von Anfang an auf Maria konzentriert. Wollte ständig auf ihren Arm und selbst die Flasche hatte sie lieber von ihr genommen. *Mamakind,* hatte er sie immer lachend genannt. Aber im Moment war ihm bei dieser Vorstellung gar nicht zum Lachen zumute.

Ja, die beiden waren immer so eine Art Verbündete gewesen. Verbündet gegen ihn. Oder machte er die Sache gerade größer als sie war? Wehleidig, wie er gerade war. Wenn er sich richtig erinnerte, hatte es eine kurze Zeit gegeben, in der ihr Kontakt intensiver gewesen war. Das musste Anfang der Schulzeit gewesen sein. So mit sechs. Einmal hatte Mia sogar zu ihm gesagt, dass sie ihn später heiraten wolle. Was kleine Mädchen ja häufig zu ihren Vätern sagen, wie er dann gehört hatte. Aber Mia hatte es nur ein einziges Mal gesagt. Sie waren oft zusammen Fahrrad gefahren, hatten richtig kleine Touren gemacht. Durch die Eifelwälder. Und das Schwimmen hatte er ihr beigebracht. Damals, als er beruflich noch nicht so eingebunden war. Später häuften sich dann die Tage, an denen er bis spät nachts in der Kanzlei saß und Akten wälzte. Da war natürlich nicht mehr so viel Zeit übrig gewesen. Eine Wunderwaffe wurde man eben nicht von selbst.

Und als dann noch die Sache mit Birgit anfing, war er noch weniger zu Hause gewesen. Birgit und er hatten sich nicht häufig gesehen. Ein-, zweimal die Woche vielleicht. Sonst hätte Maria ja Verdacht geschöpft. Maria, die arglose, die nie etwas geahnt hatte. Weder von Birgit noch später von Petra. Seine beiden längeren Affären. Wie hatte er das nur gemacht damals? Klar, er hatte ein paar Regeln aufgestellt. Regel Nummer eins: keine Berührungen im Büro und auch keine privaten Gespräche. Regel Nummer zwei: Restaurants und Kneipen etliche Kilometer von Kanzlei und Wohnhaus entfernt. Mit Birgit, seiner damaligen Sekretärin, war alles noch ganz einfach gewesen. Sie hatte immerhin eine kleine Wohnung, wo sie sich von Zeit zu Zeit getroffen hatten. Aber Petra, die hatte in so einer Art WG gar nicht so weit von der Kanzlei entfernt gewohnt. Und da hatte er sich nun wirklich nicht blicken lassen wollen. In der kleinen Kreisstadt kannte doch jeder jeden, zumindest über drei Ecken. Und alles sprach sich in Windeseile herum. Da musste er jedes Mal ein Hotelzimmer mieten. Und hier kam Regel Nummer drei ins Spiel: unter ihrem Namen. Sonst wäre ihm wohlmöglich noch eine Hotelrechnung ins Haus geflattert.

Die Situation im Hotel war ihm immer hochgradig peinlich gewesen. Wenn er in Begleitung seiner zehn Jahre jüngeren Referendarin nach dem Zimmerschlüssel gefragt hatte. Für einen Abend. Ohne Koffer, nur mit einer Aktentasche in der Hand. Und daran hatte auch der stets diskrete Blick der Angestellten an der Rezeption nichts ändern können.

Ja, das war die Zeit gewesen, in der Mia sich Schritt für Schritt von ihm entfernt hatte. In der sie sich immer mehr ihrer Mutter zugewendet hatte. In der sie ihn manchmal vorwurfsvoll angesehen hatte und Abende lang kein Wort mit ihm gesprochen hatte. Hatte sie etwas geahnt? Unmöglich eigentlich. Bei all seiner Vorsicht.

15.

Johann blickte ungläubig auf die Uhr. Er musste eingeschlafen sein. Wie spät war es? Marias Wecker zeigte
halb fünf. Abends oder morgens? Nach einem Blick auf
sein Mobiltelefon stellte er erleichtert fest, dass er nur
zwei Stunden geschlafen hatte. Ob die anderen immer
noch am Pool waren?

Und dann fiel ihm sein Traum wieder ein. Er war im
Hotel. Mit wem, war nicht ganz klar. Am Anfang des
Traums war es noch Petra gewesen. Gegen Ende hatte
es sich bei seiner Begleiterin jedoch um eine andere,
ihm gänzlich unbekannte Frau gehandelt. Sei's drum.
Auf jeden Fall hatte Maria plötzlich dagestanden und
ihn vorwurfsvoll angesehen. Hatte nicht geschrien,
hatte noch nicht einmal etwas gesagt. Hatte ihn nur
traurig angesehen. Und war dann gegangen. Und er
war fast durchgedreht vor Panik. Hatte die Frau neben
sich angebrüllt, sie solle verschwinden und nie wieder-
kommen.

Warum hatte er das nur immer wieder getan? Trotz all
der Angst, Maria könnte irgendwann Wind davon bekommen? Trotz seines ständig schlechten Gewissens?
Warum diese ganzen Affären, von denen er von Anfang
an gewusst hatte, dass sie genau das bleiben würden.
Affären. Es war ein Kitzel, dem er immer wieder erlegen war. *Werde ich es schaffen? Ich, der Kleine aus*

dem Hexenhaus? Für den sich nie jemand interessiert hatte. Dem niemand etwas zugetraut hatte.

Aber so viele Frauen er auch erobert hatte, das Gefühl, nicht vollständig zu sein, war immer geblieben. Oder zumindest nach kurzer Zeit wiedergekommen. So als hätte er ständig ein Gefäß füllen müssen. Ein Gefäß ohne Boden. Und dann war auch schon die nächste Frau auf der Bildfläche aufgetaucht und alles war von vorne losgegangen. Hatte er diese Frauen geliebt?

Nein, hatte er nicht.

16.

Der Tag im Bett hatte ihm gutgetan. Als er heute Morgen aufgewacht war, hatte er sich viel besser gefühlt.
Kein Vergleich zum Vortag. Und das hatte offenbar
auch Leo bemerkt, der ihn nach dem Frühstück sofort
gebeten hatte, mit ihm auf den Platz zu gehen. Hatte
der Lütte etwa Feuer gefangen? Vielleicht war es ja
doch noch nicht zu spät. Möglicherweise war da mit
regelmäßigem Training ja noch was zu machen.

Als sie ankamen, war Lasse schon da. Diesmal jedoch
nicht alleine, sondern mit einer Frau, vielleicht Anfang
vierzig. Der Junge stand im Tor und die Frau schoss
einige Bälle in seine Richtung. Daher hatte er also sein
Talent. Nicht schlecht für eine Frau. Eigentlich mochte
er keine fußballspielenden Frauen. Schon damals in
der Dorfmannschaft nicht. Da hatte es auch ein Mädchen gegeben. Obwohl sich alle dagegen gewehrt hatten. Plump hatte das ausgesehen, wenn sie über den
Platz gerannt war, mit Stulpen und kurzen Fußballer-
hosen.

Aber die hier wusste mit dem Ball umzugehen, ohne
dabei unweiblich zu wirken. Lasse winkte ihnen zu. Im
Vergleich zu ihrer ersten Begegnung eine fast herzliche
Begrüßung. Dann wendete die Frau ihren Blick zu ihm.
Sie lächelte.
»Sie müssen Johann sein und du Leo. Lasse hat mir

von euch erzählt. Er hat so gehofft, euch noch einmal hier zu treffen.«

Johann nickte erleichtert. Im ersten Augenblick hatte er geglaubt, diese Frau zu kennen. Aber nein, es war nur eine frappierende Ähnlichkeit. Eine Ähnlichkeit, die ihn völlig aus dem Konzept brachte.

»Tut mir leid. Hab ganz vergessen, mich vorzustellen. Charlotte ist mein Name. Ich bin Lasses Mama. Wollen wir gemeinsam spielen?«

»Zwei gegen zwei mit fliegendem Torwart?«, schlug Johann vor.

Immer noch ganz verwirrt von diesen Gesichtszügen, von denen er bis vorhin geglaubt hatte, dass es sie nur einmal auf dieser Welt geben würde.

17.

Leo hatte beim Frühstück ganz aufgeregt von ihrer gestrigen Begegnung erzählt. Und sich bei Mia beschwert, dass sie noch nie mit ihm auf den Fußballplatz gegangen wäre.

»Dafür hast du ja deinen Vater«, hatte Mia etwas pikiert geantwortet. War ihr denn gar nicht bewusst, welche Lusche sie sich da an Land gezogen hatte?

»Oder deinen Großvater«, hatte sie dann noch hinterhergeschoben. Und Johann meinte, in ihrer Stimme einen Hauch von Boshaftigkeit zu hören. Jetzt kümmerte er sich schon um seinen Enkel und dann war das auch nicht richtig.

»Ich will aber, dass du mitgehst. Lasse kommt heute auch wieder mit Charlotte, hat er gesagt.«

Johann stockte. Ob er sich noch mal zur Verfügung stellen sollte? Die für heute geplante Wanderung konnte er auch verschieben. Hatte ja keine Eile. Und Maria wäre sicher erfreut, wenn sie das Mittagessen anders als geplant gemeinsam einnehmen würden.

»Na, dann komme ich heute halt noch mal mit, Leo. Lass deine Mutter auch mal Urlaub machen.«

Seine letzte Bemerkung hatte ihm die Röte ins Gesicht getrieben, so verlogen hatte er sich gefühlt. Als ob Mia auch nur in irgendeiner Hinsicht erholungsbedürftig gewesen wäre. Wovon auch?

»Dann komm jetzt, Opa. Lasse hat nur nach dem Frühstück Zeit. Danach hat er Kletterkurs, hat er gesagt.«
Und tatsächlich waren beide schon da, als Johann wenig später mit Leo auf dem Platz erschien. Süß sah er aus, der kleine Fratz. Pfiffiger Blick, verschmitztes Lächeln, blonde Strubbelhaare ohne definierten Schnitt. Sah fast so aus, als würde Charlotte ihm die Haare schneiden. Und selbstbewusst wirkte er. Für einen Elfjährigen ungewöhnlich, aber er vermittelte den Eindruck, als wüsste er genau, was er wollte. Ganz anders als Leo, der oft so verdruckst wirkte.

Charlotte kam lachend auf sie zu und begrüßte sie mit einem kraftvollen high five. Ob sie alleine mit Lasse hier war? Andernfalls wäre der Vater doch inzwischen auch mal in Erscheinung getreten.
»Wieder mit fliegendem Torwart?«
Johann nickte, während er noch überlegte, ob er da gerade einen leichten Berliner Dialekt wahrgenommen hatte.

Diesmal spielte er mit Lasse in einer Mannschaft. Der Kleine war einfach ein Naturtalent. Nicht nur technisch. Er hatte auch einen Blick für Spielsituationen. Mit Sicherheit spielte er zuhause im Verein. Ob Leo der Unterschied auffiel? Anmerken ließ er sich zumindest nichts. Jetzt, wo Johann sein Zusammenspiel mit Charlotte beobachteten konnte, meinte er, zumindest kleine Fortschritte wahrzunehmen. Die Pässe gelangen genauer und sein Schuss war etwas härter geworden.

Hatte er das gerade richtig beobachtet? Hatte Leo den letzten Schuss mit dem Spann geschossen?

Einer wie Lasse, der fehlte Leo zuhause. Aber wenn Leo dort überhaupt einmal Besuch bekam, dann immer nur von so bleichgesichtigen Stubenhockern. Mit denen er dann entweder vor der Playstation saß oder jeder für sich auf seinem Nintendo herumtippte. Solche Jungs hatte es in seiner Kindheit überhaupt nicht gegeben. »Meine Güte, kriegen die denn alle kein Tageslicht ab?«, war ihm in Mias Gegenwart einmal herausgerutscht. Einmal und nie wieder.

Mia hatte tagelang kein Wort mit ihm gesprochen.

18.

Wie sollte er diese Spiele jetzt eigentlich verbuchen? Als Familienzeit? Mit der Folge, dass er danach in die Berge aufbrechen konnte? Oder galt das als Freizeit? Nein, das ja wohl kaum. Er ging schließlich mit Leo auf den Platz. Also eindeutig Familienzeit.

Da eine richtige Tour um diese Uhrzeit keinen Sinn mehr machte, beschloss er, den kleinen Rundwanderweg auszuprobieren. Den der Wanderführer mit vier Stunden Gehzeit und dem Hinweis, er sei nur für schwindelfreie Wanderer geeignet, ausgewiesen hatte. Die an der Rezeption hatten auch schon von dieser Wanderung geschwärmt, die angeblich die beeindruckendsten Ausblicke bot. Bereits ein paarmal hatte er sich die Tour vorgenommen und war dann regelmäßig vor dem Steg über die Felsschlucht zurückgeschreckt. Nach dem Bild im Hotelprospekt zu urteilen war der Steg zwar auf beiden Seiten durch ein Geländer gesichert. Aber das Geländer bestand nur aus zwei Stangen. Man würde also während der gesamten Überquerung die Schlucht unter sich sehen. Und das auf beiden Seiten. Johann spürte allein bei der Vorstellung einen Anflug von Schwindel. Wie würde das denn erst sein, wenn er auf der Brücke stand?

Aber waren solche Ängste nicht dazu da, sie zu überwinden? Das war doch immer sein Motto gewesen. Zumindest bei dieser Art Angst. Nicht zurückschrecken, sonst werden die Dinge nur größer. »Das lernen die Kinder heute schon bei Jim Knopf«, hatte Maria ihm einmal lachend erzählt.

Noch während er seine Wanderschuhe anzog, beschloss er, dass heute ein guter Tag für ein solches Vorhaben war. Es war warm, aber nicht zu warm. Und laut Wetterbericht war auch nicht mit Regen zu rechnen. Auf den nächsten zwei Kilometern würde er sich auf das Wagnis einstimmen. Verdammt. Irgendwo hatte er doch mal gelesen, wie man das machte. War es Yoga oder Autogenes Training? Er wusste es nicht mehr. Hatte ihm nur eingeleuchtet damals. Irgendwas mit Konzentration und Wiederholung. Wie wunderschön dieser erste Wanderabschnitt doch war. Überhaupt, die ganze Gegend war nach seinem Geschmack. Hatte Erik gut ausgesucht, das musste man ihm lassen. War ja auch nicht alles verkehrt an ihm.

So, jetzt erst mal ein paar Höhenmeter überwinden. Das waren die Momente, in denen er sich spürte. Wenn die Waden anfingen zu ziehen, erst ganz leicht und dann immer stärker. Wenn der Atem kürzer und jeder Schritt zur Überwindung wurde. Wenn er sich irgendwann die Jacke auszog, um den Bauch band und die Hosenbeine hochkrempelte. Und dann noch einen passenden Stock am Wegesrand fand. Einen, von dem er mit seinem Schweizer Messer nur noch ein paar kleine Äste entfernen musste. Diese neumodischen

Trekkingstöcke hatte er immer belächelt. Und die, die sie benutzten, auch. Das waren ja auch immer die, die für jedes Wetter im Berg eine passende Jacke bereithielten. Im Fachgeschäft fielen dann Begriffe wie Atmungsaktivität, Wasserdichtigkeit und Ventilationsöffnungen. Und die ganz großen Checker verlangten nach einer Kapuze, die der Kopfbewegung folgte. Hatte er einmal gehört. Und sich kompliziert vorgestellt. Aber egal. Seltsame Leute jedenfalls, die sich auf diese Weise für einen Urlaub ausstaffierten. Albern fand er das. Einfach nur albern.

Wie weit war es überhaupt noch? Versunken in seinen inneren Monolog hatte er völlig vergessen, auf die Karte zu sehen. Er musste doch schon mindestens anderthalb Stunden unterwegs sein. Und anders als auf seinen bisherigen Wanderungen war er heute auch so gut wie niemandem begegnet. Ob er doch nicht der Einzige war, der sich vor diesem Steg fürchtete?
Wenn er richtig rechnete, musste es noch eine halbe Stunde sein bis zur Schlucht. Lieber wäre es ihm ja gewesen, den Steg nicht alleine zu überqueren. Auch wenn er sich nicht erklären konnte warum. Konnte ihm doch sowieso niemand helfen, sollte es ihm schummrig werden auf der Brücke. Oder doch? Sollten sich seine Befürchtungen bewahrheiten, konnte er ja ein Herzproblem vortäuschen. Und dann würde ihn vielleicht jemand an die Hand nehmen und bis zum Ende der Brücke führen.

Schluss mit diesen Gedanken. Die eines erwachsenen Mannes nicht würdig waren. Vielleicht war er ja auch gar nicht alleine da. Es führten schließlich mehrere Wege zum Steg, wie er gelesen hatte. Weshalb er bisher ja auch mehrere Wege aus seinem Programm gestrichen hatte.

Was passierte eigentlich, wenn einem schwindelig wurde? Zitterten einem dann nur die Knie oder konnte man sogar ohnmächtig werden? Über das Geländer stürzen würde man sicher nicht. Dazu war es zu hoch. Und zwischen den beiden waagerechten Haltestreben konnte man ja wohl auch nicht hindurchrutschen. Dazu standen sie zu nahe beieinander, dem Bild nach zu urteilen. Sonst wäre der Steg doch auch gar nicht genehmigt worden. Sie waren ja schließlich in Österreich. Hier war man doch bestimmt mindestens so pingelig wie in Deutschland. Was konnte also passieren? Nichts. Nichts konnte passieren. Aber warum waren seine Hände dann so zittrig und nass?

Da war er. Er hatte ihn kurz gesehen, bevor die Bäume ihm wieder die Sicht genommen hatten. Er schien länger zu sein, als er sich vorgestellt hatte. Länger, als das Bild im Prospekt vermuten ließ. Johanns Herz begann so wild zu klopfen, dass er überlegte umzudrehen. Er setzte sich auf einen Baumstumpf. Man musste ja auch nicht jeden Quatsch mitmachen. Hatte er sich nicht genug zugemutet? Sein ganzes Leben lang? Musste er sich etwa noch irgendwas beweisen? Irgendwann war auch mal gut. Aber anschauen konnte er sich den Steg ja zumindest. Jetzt, wo er schon mal hier war. War ja nicht mehr weit. Johann stand auf und ging ein paar Schritte.

Da war er wieder. Aber was war das davor? Johann hielt sich die Hand vor die Augen, um besser sehen zu können. Aber die Sonne blendete ihn zu stark. Er lief ein Stück vor. Bewegte sich da etwas? Ein Mensch? Er rannte noch ein weiteres Stück vor. Oder waren da sogar zwei Leute?

»Ist das ein Ausblick, oder?« Etwas anderes war ihm nicht eingefallen, als er wenige Minuten später auf das junge Paar zugegangen war, die kurz vor dem Steg Halt gemacht hatten. »Für die einen ein wunderbarer Ausblick, für andere die Mutprobe schlechthin«, hatte der junge Mann geantwortet und dabei lächelnd auf seine Begleiterin gezeigt. »Wir wussten gar nicht, was uns hier erwartet. Meine Frau ist nicht schwindelfrei. Ich denke, wir werden umkehren.«
»Das ist doch nicht Ihr Ernst. Umkehren? Jetzt? Und wenn wir sie in die Mitte nehmen? Dann kann doch nichts passieren.«

Die junge Frau schaute abwechselnd zu ihm und zu ihrem Mann. Aus ihren Augen sprach die pure Angst. Johann hatte das Gefühl, noch nie so verzweifelte Augen gesehen zu haben. Er lächelte ihr aufmunternd zu und nickte. Was in aller Welt tat er da? Die Frau betrachtete jetzt nur noch Johann. Abwägend. So als würde sie sich fragen, wieviel Verlass wohl auf diesen Mann sei. Sie kämpfte mit sich, das sah man.

Und dann, ganz plötzlich, kehrte so etwas wie Zuversicht in ihre Augen. Langsam stand sie auf und reichte Johann die Hand.
»Na, dann los.«

19.

Der Vorschlag mit dem Platz durfte heute auf keinen
Fall von ihm kommen. Er musste Leo dazu bringen,
ihn darum zu bitten. Aber der hatte sich schon während des Frühstücks so in sein Buch vertieft, dass
Johann befürchtete, dass er sich gleich in sein Zimmer
verziehen würde.

»Und Leo, spannend? Was liest du denn da?«

»Och, nichts Besonderes. Die Cane-Croniken. Das sagt
dir wahrscheinlich nichts, oder?«

Nichts Besonderes, das ließ hoffen.

»Dann bist du ja heute beschäftigt.«

»Mit irgendwas muss ich mich ja beschäftigen, wenn
du in den Bergen kraxelst und der Rest der Familie sich
am Pool tummelt."

So kam er nicht weiter. Warum verdammt noch mal
schlug Leo nicht vor, auf den Platz zu gehen?

Als Maria und Mia dann jedoch anfingen, sämtliche
Reste des Frühstücks in den dafür vorgesehenen Tisch-
abfalleimer zu befördern, schöpfte er erneut Hoffnung.
Denn mit diesem Ritual leiteten sie in der Regel das
Ende des Frühstücks ein. Alleine mit Erik konnte er
deutlicher werden. Der würde das sowieso nicht kapie-
ren.

»Wir sind dann mal weg. Gehen heute ins Städtchen.
Kommst du mit, Johann? Wir könnten mal nach einer
passenden Hose für dich sehen. Wird doch höchste

Zeit. Du hast doch gar nichts Anständiges mehr im Schrank.«

»Ach Maria. Das können wir doch auch zuhause. Warum die wertvolle Ferienzeit mit Einkäufen verplempern? Geh du mal alleine mit Mia. Ein Mann stört doch bei sowas nur.«

Maria lächelte. »Dachte ich mir schon. Na gut, vielleicht hast du ja recht.«

Perfekt, die erste Hürde war genommen. Jetzt musste nur noch Leo auf die Fährte gesetzt werden.

»Und wir, Leopold?«, hörte er Erik sagen. „Was machen wir heute?«

Jetzt würde es sich entscheiden. So wie er Leo kannte, würde dieser keine eigenen Überlegungen anstellen. Zumindest nicht bei seinem Vater. Und dann würde alles von Eriks Vorschlag abhängen.

Komm schon, dachte er. Sei so einfallslos wie immer. Sei einfach der langweilige Erik, wie ich ihn die ganzen Jahre ertragen musste. Jetzt keine Überraschung, nicht heute.

»Wollen wir an den Pool?«

Auf Erik war einfach Verlass.

»Och Papa, da sind wir doch jeden Tag. Nicht schon wieder. Dann lese ich lieber.«

Jetzt war die Zeit gekommen, Alternativen aufzuzeigen. Vorsichtig. Aber auf den Platz musste er selbst kommen.

»Magst du lieber was draußen machen?«

Johann schaute zu Erik. Aber nach dessen Blick zu urteilen schöpfte er keinerlei Verdacht.

»Würdest du denn noch mal mit mir Fußball spielen?«
Leo schaute ihn bittend an. Ohne jede Zuversicht, seinem Opa noch einmal eine solche Zusage entlocken zu können.

»Och Leo, das haben wir doch jetzt so gut wie jeden Tag gemacht. Seit wann bist du denn so wild auf Fußball?«
Leo schien Mut zu schöpfen.

»Bitte, Opa. Lasse ist doch nicht mehr lange hier. Die fahren schon in drei Tagen. Bitte!«

Geschafft. Johann nickte. Bemüht, seinem Nicken einen Hauch von Genervtheit zu geben. Irgendwie erinnerte ihn die Situation an die Geschichte von Tom Sawyer. Die mit dem Zaun. Den zum Schluss alle hatten streichen wollen. Wie sehr er dieses Buch geliebt hatte.

»Weißt du denn, ob Lasse heute Morgen Zeit hat?«

»Ja, der müsste sogar schon da sein. Du weißt doch, nachher hat er Kletterkurs.«

»Na, dann los.«

Leo rannte in sein Zimmer und tauchte wenige Minuten später mit Turnschuhen an den Füßen und einem Ball in der Hand wieder auf. Er strahlte.

Lasse und seine Mutter waren bereits auf dem Platz. Und wie bei den letzten Malen freuten sich beide offensichtlich, Gesellschaft zu bekommen.

»Hi, ihr beiden. Wie schön. Zu zweit macht es ja nicht so richtig Spaß.«

Und da war er wieder, der Berliner Akzent. Nicht auffallend. Nur ganz dezent.

Diese Ähnlichkeit. Zwölf Jahre war es jetzt her. Eine kleine Ewigkeit. Es war alles so schnell gegangen, zum Schluss. Johannas ungläubiges Gesicht, als er ihr verkündet hatte, dass er bei Maria bleiben würde. Dass er nicht zu ihr und dem Kind ziehen würde. Dass er zahlen würde, selbstverständlich, aber nicht mehr. Und ihr Blick, als er sie gebeten hatte, sich das alles doch noch mal durch den Kopf gehen zu lassen. Ein Kind alleine großziehen, wollte sie das denn wirklich?

Sie wusste ja gar nicht, wie schwer ihm diese Entscheidung gefallen war. Nächtelang hatte er alles hin und her gewälzt. Und immer, wenn er geglaubt hatte, eine Entscheidung getroffen zu haben, hatte die Grübelei von vorne angefangen. Johanna war die Liebe seines Lebens gewesen. Kein Vergleich zu dem, was er vorher erlebt hatte. Eine ganz andere Dimension. Johanna, so jung, so schön, so klug. Und witzig. Johannas subtiler Humor war einfach hinreißend gewesen. Hatte er jemals so viel gelacht wie in dieser Zeit? Die Liebe zu ihr hatte er sogar seinem besten Freund Paul gestanden. Auch so ein Tabubruch. »Johann und Johanna trennt nur ein A«, hatte Paul einmal zu ihm gesagt. »Ein A wie Angst«, hatte er nach einer Weile hinterhergeschoben und ihn dabei fragend angesehen. Recht hatte er gehabt.

Bei keiner Frau zuvor hatte er auch nur daran gedacht, Maria zu verlassen. Aber Johanna hatte seine heile Welt zum Einstürzen gebracht. Woran andere zuvor nicht hatten kratzen dürfen, war bei ihr wie von alleine zusammengefallen.

Durch Johanna war ihm auch zum ersten Mal bewusst geworden, wieviel Gemeinsamkeiten man mit einer Frau haben konnte. Und wie wenig er mit Maria gemeinsam hatte. Von der fehlenden körperlichen Anziehung mal ganz abgesehen. Mit Johanna hatte er seine Interessen geteilt. Sie mochten die gleichen Kinofilme und lachten an denselben Stellen. Wie nahe er sich ihr in den vielen Gesprächen gefühlt hatte. Egal, ob es um politische Diskussionen, eine neue Kunstausstellung oder auch nur das arrogante sich in Szene setzen eines gemeinsamen Mandanten ging. Es waren oft Kleinigkeiten. Kleinigkeiten, die nur sie bemerkte. Und er. Sie hatte seinen Blick auf die Welt nachvollziehen können. Sie hatten sich die gleichen Fragen gestellt und bei denselben Punkten nachgehakt.

Haben Maria und ich überhaupt irgendein gemeinsames Interesse, hatte er sich damals immer wieder gefragt. Hatte Maria überhaupt Interessen? Womit beschäftigte sie sich eigentlich den lieben langen Tag? Hatte er jemals mit ihr über ein berufliches Problem sprechen können? Sie um Rat fragen können, wenn er Probleme mit Kollegen hatte? Hatte sie ihm jemals ein Buch empfohlen, ein Theaterstück vorgeschlagen oder ihn mit einer Urlaubsidee überrascht? Er hätte die Liste der Fragen endlos weiterspinnen können und die einzig mögliche Antwort wäre immer *nein* gewesen.

»Tor!«, jubelte Charlotte.

Er musste sich unbedingt mehr konzentrieren.

20

»Opa hat gegen Lasses Mutter verloren«, hatte Leo beim Mittagessen grinsend verkündet. So als würde sein eigenes mangelndes Talent damit etwas weniger schwer wiegen.

»Opa war bestimmt nur charmant, Leopold. Opa weiß nämlich, wie man sich Frauen gegenüber benimmt. Das hat er schon immer gewusst.«

Autsch, das hatte gesessen. Woher kam dieser gehässige Unterton, den er seit einiger Zeit bei Mia bemerkte? Und dann Eriks beifälliges Nicken. Was hatte der denn damit zu schaffen?

»Wie sprichst du denn über deinen Vater, Mia? Jetzt lasst uns lieber mal überlegen, was wir heute Nachmittag unternehmen.«

»Ich drehe noch eine Runde«, verkündete Johann. Gleichgültig, wie der Rest der Familie darauf reagieren würde.

Diesmal würde er am Bach entlang gehen. Und dann ins Gemsteltal. Dem Weg konnte er einfach folgen, ohne sich zuvor mit der Wanderkarte zu beschäftigen. Einfach nur gehen, danach war ihm. Gehen und überlegen. Nach Antworten suchen. Zum Beispiel darauf, ab welchem Punkt sich das mit Maria so entwickelt hatte. Wann hatten sie aufgehört, miteinander zu reden? Wann hatten sie aufgehört, ein Paar zu sein? Wenn er es richtig in Erinnerung hatte, dann fiel beides zeitlich etwa mit Mias Geburt zusammen. Maria hatte damals relativ schnell aufgehört zu arbeiten. Eigentlich direkt nachdem der Arzt die Schwangerschaft festgestellt hatte. Was gar nicht nötig gewesen wäre, weil sie noch keinerlei Beschwerden oder Einschränkungen gespürt hatte. Und als er sie dann kurz vor der Geburt darauf angesprochen hatte, wie lange sie denn eigentlich pausieren wolle, hatte sie plötzlich erklärt, dass sie bei seinem Gehalt doch eigentlich gar nicht arbeiten müsse. Zumindest so lange Mia noch zur Schule gehen würde. »Wie sieht das denn aus, Johann?«, hatte sie damals gesagt. »Mia noch so klein und ich wechsele den alten Leuten schon wieder die Windeln. Die Leute müssen doch denken, dass du nicht genug verdienst in deiner Kanzlei.« Von da an hatte er gewusst, dass sie ihren Job nie wieder aufnehmen würde.

Kurz nach Mias Geburt hatte sie dann auch den Kontakt zu ihrer Wandergruppe aufgegeben. Also, was sich so *Wandergruppe* genannt hatte. Meistens hatte die wöchentliche Wanderung der Frauen ja in einem Spaziergang in die nächst gelegene Konditorei bestanden, in der sie sich dann bei Kaffee und Kuchen und viel Geschnatter den Nachmittag vertrieben hatten. Begründet hatte sie es damals damit, dass Mia zu schwer geworden sei, um sie in der Trage mitzuschleppen. Und als Mia schließlich laufen konnte, war die Gruppe angeblich schon voll gewesen. Als ob das eine Rolle gespielt hätte, eine mehr oder weniger.

Was aber hatte Maria veranlasst, ihren Horizont so zu verengen? Aus welchem Grund hatte sie den Volkshochschulkurs in Italienisch abgebrochen? Weshalb hatte sie aufgehört zu lesen? Wenn man mal vom Urlaub absah. Und auch da war ihm die Auswahl ihrer Lektüre von Jahr zu Jahr peinlicher geworden. Hatte es sie wirklich ausgefüllt, sich tagsüber um Mia zu kümmern und abends auf ihn zu warten? Und wie hatte sie sich gefühlt, wenn sie ihn mal, oft war es ja nicht gewesen, auf die Feier eines Kollegen begleitet hatte? Sie, die immer schweigend neben ihm gesessen hatte, weil sie zu den Gesprächen einfach nichts beizutragen hatte. Manchmal war ihm ihr Schweigen vor den Kollegen richtig peinlich gewesen. So peinlich, dass er gemeint hatte, sich durch eine gehässige Bemerkung von ihr distanzieren zu müssen.

Hätten sie eine Chance gehabt, wenn er all das frühzeitig angesprochen hätte? Anstatt es hinzunehmen und zu resignieren, weil er angenommen hatte, dass das der Lauf der Dinge war. Dass es auch anders ging, hatte er dann bei Johanna gesehen. Neugierig, offen, begeisterungsfähig, wissbegierig, all das konnte eine Frau sein. Und all das hatte er bei seiner Frau vermisst. Voller Widerwillen war er abends häufig nach Hause gegangen. Die Haustüre aufzuschließen war immer gewesen, wie von bunt auf schwarz-weiß umzuschalten. Und der Geruch. Teilweise hatte er den Geruch nicht mehr ertragen können, der ihm beim Öffnen der Haustüre entgegengekommen war. Ein Geruch, den er früher gemocht hatte. Der Geruch von Maria.

Es hatte Abende gegeben, an denen er Maria für sein Unglück verantwortlich gemacht hatte. Hätte sie ihm doch nur den geringsten Anlass gegeben zu gehen. Aber nein, sie hatte sich tadellos benommen, wie schon die ganzen Jahre zuvor. Hatte nichts getan, was man ihr hätte vorwerfen können.

Wenn man einmal von diesem grenzenlosen Nichts absah, in dem er täglich zu ersticken drohte.

21.

Waren das Charlotte und Lasse da vor ihm? Ja klar, das mussten sie sein. Zumindest Lasse war auch von hinten unverwechselbar. Ein schönes Mutter-Sohn-Paar. Die beiden passten zusammen. Wirkten wie aus einem Guss. Sie musste so stolz auf ihn sein. Wäre er zumindest gewesen. Elf Jahre. Was für ein schönes Alter. Man konnte schon so viel miteinander unternehmen, konnte bereits richtige Gespräche führen. Trotzdem waren sie noch Kinder, mit elf. Und der Abschied war noch nicht in Sicht.

Ob Johanna und Ben auch so einmütig wirkten, so aus einem Guss? Ob es Männer gab, die hinter ihnen hergingen und überlegten, was für ein schönes Paar sie waren?

Johann hatte sofort an Ben denken müssen, als er Lasse zum ersten Mal gesehen hatte. Lag das daran, dass er auf dem letzten Foto auf dem Fußballplatz stand? Und er sich Ben von da an immer auf einem Fußballplatz vorgestellt hatte? Sechs Jahre schon musste er sich Ben so vorstellen. Oder ihn in andere Situationen hineinfantasieren. Weil er ab da an kein weiteres Foto mehr bekommen hatte. Nicht mehr hatte bekommen wollen. Ein weiterer Schlag in Johannas Gesicht. Nachdem er ihr das am Telefon mitgeteilt hatte, hatte sie wortlos aufgelegt. Aber wie hätte er das

Maria erklären sollen? Wenn sie die Fotos irgendwann gefunden hätte.

Johanns rechtes Auge fing an zu zucken. Wie immer, wenn er an Ben dachte.

22.

Von jenem Tag an hatte sie auch aufgehört, ihm zu schreiben. Vorher hatte sie ihn noch über alle wichtigen Entwicklungsschritte und Ereignisse in Bens Leben informiert. Bis kurz vor der Einschulung. Und seitdem wusste er gar nichts mehr. Er hatte mehrfach überlegt, sich für seinen Satz zu entschuldigen, ihn rückgängig zu machen. Aber dann war es so auch fast wieder einfacher gewesen. Nichts von Ben zu wissen war manchmal so, als wäre nichts passiert. Es gab Tage, an denen er gar nicht an Ben dachte. Wenige, sehr wenige, aber es gab sie. Tage, an denen es wieder so war wie früher. Bevor Johanna in sein Leben getreten war.

Was sie wohl machte heute? Ob sie jemanden kennengelernt hatte? Vielleicht sogar mit ihm zusammenwohnte? Gab es jemanden, der bei Ben die Vaterrolle übernommen hatte? Sie war schön, sie war klug, sie war bezaubernd. Warum also sollte sie heute alleine sein? Johann spürte einen Stich in der Herzgegend. Der Gedanke, dass Johanna möglicherweise in einer glücklichen Familie lebte, vielleicht sogar ein weiteres Kind bekommen hatte, tat weh. Es war das erste Mal, dass sich ein solches Bild vor seinen Augen aufbaute. In den ganzen Jahren hatte er sich kein einziges Mal gestattet, solche Überlegungen anzustellen. Und warum jetzt? Weil er auf einem Fußballplatz in Österreich einem elfjährigen Kind begegnet war, dessen Mutter ihn an Johanna erinnerte? Das war doch absurd. Aber seit jenem Tag konnte er sich seiner Gedanken nicht mehr erwehren. Gedanken, die er offenbar jahrelang erfolgreich wohin auch immer verdrängt hatte. Jetzt waren sie an die Oberfläche gelangt. Da, wo er sie nicht haben wollte. Zu lange hatte er gekämpft damals. Jeden Tag und jede Nacht. Nachdem er gegangen war und sie zurückgelassen hatte. Nicht wissend, wie sie sich entscheiden würde.

Anfangs hatte er gehofft, sie würde sich gegen das Kind entscheiden. Aber da war auch noch etwas anderes gewesen. Die Angst, dass sie genau das tun würde. Hin- und hergerissen zwischen diesen widerstreitenden Gefühlen hatte er sich monatelang nicht bei ihr gemeldet. Weil er einfach nicht gewusst hatte, wie er mit der Antwort klargekommen wäre. Egal, wie sie gelautet hätte.

Aber dann hatte sie ihm Monate nach Bens Geburt das erste Foto geschickt. Wochenlang hatte er das Foto immer wieder betrachtet. Ähnlichkeiten gesucht. Und gefunden. Sich Ben vorgestellt, sich Johanna vorgestellt. Nichts hätte er lieber getan, als einfach zu ihnen zu fahren. Aber er hatte es nicht gemacht. Was hätte es denn auch gebracht? Es hätte doch alles nur noch viel schlimmer gemacht.

Gealtert war er in dieser Zeit. Nicht äußerlich. Innerlich. Er hatte seine Selbstsicherheit verloren. Seine Zuversicht, in schwierigen Situationen das Richtige zu tun. Plötzlich hatte er sein ganzes Leben in Frage gestellt. Sogar im Job hatte er diese Unsicherheit gespürt. In Situationen, in denen er früher ohne groß nachzudenken auf Angriff geschaltet hatte, verhielt er sich plötzlich zaudernd und ängstlich. Seine Kollegen mussten das doch gemerkt haben. Dass er nicht mehr der Alte war. Paul hatte es sofort gespürt. Und ihn irgendwann besorgt beiseite gezogen. Es hatte gutgetan, mit ihm darüber zu sprechen. Jemanden zu haben, dem er sich anvertrauen konnte. Aber wirklich helfen konnte Paul ihm damals auch nicht.

Er hatte sich in den Jahren danach immer wieder nach dem Grund für seine damalige Entscheidung gefragt. Eigentlich hatte es ja auch gar keine eindeutige Entscheidung gegeben. Es hatte ein wochenlanges Hin und Her in seiner Seele gegeben, das irgendwann in ein erschöpftes Nein gemündet war. Aber was hatte den Ausschlag für die Entscheidung gegeben? In einer Situation, in der er sich an dem einen Tag für Johanna und das Kind entschieden hatte und am nächsten dagegen. Wenn seine Entscheidung den Tag überhaupt überdauert hatte.

War es nicht Zufall, dass er in dem Moment, in dem das Pendel mal wieder gegen Johanna ausgeschlagen war, erschöpft aufgegeben hatte? Hätte es nicht genauso gut umgekehrt gewesen sein können? Vielleicht. So, wie er diese Zeit in Erinnerung hatte, konnte das zumindest gut sein. Aber das hieße ja, dass sein gegenwärtiges Leben auf einem Zufall beruhte. Johann schnappte nach Luft. Es reichte für heute. Mehr ging nicht. Er würde zu einem anderen Zeitpunkt weiter darüber nachdenken.

Aber er musste eine Antwort finden.

23.

»Mensch Johann, wie lange gehst du denn schon hinter uns? Wir hätten doch auch zusammen gehen können.«

Johann zuckte zusammen. Er war so in seine Gedanken versunken gewesen, dass er gar nicht bemerkt hatte, dass die beiden plötzlich vor ihm standen.

»Und dass du spazieren gehst, hätte ich auch nicht gedacht, wenn ich ehrlich bin.«

Lasse schaute verlegen zur Seite. So als wären ihm die Bemerkungen seiner Mutter peinlich.

»Hast recht, mache ich auch nicht oft. Wandern ja, aber nicht spazieren gehen. Aber heute musste ich nachdenken. Und das geht bei einem Spaziergang immer noch am besten, finde ich.«

»Kenne ich. Geht mir auch so.“ Charlotte sah ihn mit durchdringender Miene an. „Stören wir?«

»Nein, wirklich nicht. Bin sowieso an einem Punkt angekommen, wo ich nicht mehr weiterkomme. Ein bisschen Ablenkung wäre jetzt gar nicht schlecht.«

»Wollen wir noch eine Cola trinken? Hier sieht es doch ganz schön aus«, meinte Charlotte und zeigte auf eine Gastwirtschaft mit großer Außenterrasse.

Wenig später stand die Wirtin vor ihnen. Während Lasse noch mit Charlotte darüber diskutierte, ob er um diese Uhrzeit noch eine Cola oder doch besser ein Spezi trinken solle, bestellte Johann sich ein großes Bier. Das musste jetzt sein. Vielleicht würde das seine trüben Gedanken vertreiben. Wenn noch nicht einmal die schöne Frau an seiner Seite dazu in der Lage war.

»Wo ist eigentlich Leo? Ihr seid doch sonst so unzertrennlich.«

Wie wohltuend es war, sich durch Charlottes Augen zu sehen. Der Großvater, der ein so vertrautes Verhältnis zu seinem Enkel hatte. Ein schönes Bild. Wenn auch nicht ganz zutreffend. Leider.

»Leo ist bei seinen Eltern. Die wollen ihn ja auch mal sehen«, erwiderte er bemüht fröhlich.

»Und ihr beiden? Seid ihr eigentlich alleine hier?«

»Ja, sind wir«, meinte Charlotte. Und dann hatte sie Lasse angesehen. Fragend, fast wie um sein Einverständnis bittend. Und Lasse hatte kaum merklich den Kopf geschüttelt. So als wolle er sagen, das geht ihn nichts an, Mama. Und Charlotte hatte sofort verstanden. Und das Gespräch auf ein anderes Thema gelenkt. »Ist doch wunderschön hier, oder?«

Und dann war die Spannung langsam aus Lasses Gesicht gewichen.

24.

Fast hätte er noch das Abendessen versäumt, wenn Charlotte nicht plötzlich auf die Uhr geschaut hätte. Und obwohl er die Kellnerin sofort um die Rechnung gebeten hatte und dann im Laufschritt ins Hotel geeilt war, hatten alle schon am Tisch gesessen. Vorwurfsvoll, hatte er den Eindruck. Die Karte kaum in der Hand hatte er schon bestellen müssen. Zumindest hatte er das Gefühl, jetzt besser keine großen Umstände zu machen, um den Unmut am Tisch nicht noch größer werden zu lassen. Und vor lauter Eile hatte er noch nicht einmal einen Blick auf die schöne Kellnerin werfen können.

Maria hatte ihn noch kein einziges Mal angeschaut. Und wenn sie einmal so weit war, konnte das lange dauern. Sehr lange. Das längste überhaupt waren einmal geschlagene zwei Wochen gewesen. Ohne jedes Wort. Irgendwann in dieser Schleife des Schweigens hatte er sich ernsthaft gefragt, ob sie überhaupt jemals wieder miteinander reden würden. Aber so wenig nachvollziehbar ihm der Anlass ihres damaligen Schweigens gewesen war, so unverständlich auch sein Ende. Johann erinnerte sich noch genau. Während des Abendessens hatte Maria plötzlich die Worte *Soll ich noch etwas Brot schneiden?* an ihn gerichtet. Mia und er hatten sie damals angeschaut wie einen Geist. Aber Maria hatte ihr Erstaunen offensichtlich gar nicht wahrgenommen. Sie wartete auf eine Antwort. Die sie dann auch bekam. Und von da an hatte sie wieder mit ihm geredet. Als sei nie etwas gewesen. Johann schüttelte unwillkürlich den Kopf.

»Was ist los, Johann? Du schaust so griesgrämig.«
Johann blickte erstaunt auf. Hatte Erik tatsächlich das Wort an ihn gerichtet? Erik, der sonst nur mit ihm sprach, wenn es gar nicht zu umgehen war?
»Nein, nicht griesgrämig. Bin nur in Gedanken.«
Und dann war die Unterhaltung auch schon wieder beendet.
Ob es Erik mit Mia eigentlich genauso ging? Bei Konflikten stand Mia ja auch nur eine Reaktion zur Verfügung. Die ihrer Mutter. Zumindest ihm gegenüber. Aber hatten die beiden überhaupt Konflikte? So wenig konturiert wie Erik war, bot er dazu sicherlich nicht häufig Anlass.

»Hat's dir geschmeckt, Johann?« Zu früh geunkt. Maria hatte sich offenbar vorgenommen, es hier im Urlaub nicht zu einer Eskalation kommen zu lassen. Sofern man ihre Art der Auseinandersetzung überhaupt so nennen konnte.

Johann atmete erleichtert auf.

25.

Er musste aufhören damit. Sofort. Er hatte sich entschieden damals. Aus guten Gründen. Und war es nicht
hauptsächlich Rücksicht auf Maria gewesen, die ihn
damals am Weggehen gehindert hatte? Hätte er sie
denn verlassen können? Sie, die über dreißig Jahre
lang an seiner Seite gestanden hatte? Wegen einer Jüngeren? Das wäre doch schofelig gewesen.

Johann hielt inne. Diese Erklärung hörte sich gut an.
Wenn sie gestimmt hätte. Aber das tat sie nicht. Es war
nicht nur Rücksicht auf Maria gewesen. Auch, ein bisschen, aber ausschlaggebend war das nicht gewesen.
Angst hatte er gehabt. Angst, irgendwann alleine dazu-
stehen. Johanna war so jung gewesen. Jung und attraktiv. Jeder Mann hatte sich nach ihr umgeschaut.
Selbst in seiner Gegenwart. Wie oft hatte er sich gefragt, wie das wohl erst war, wenn er nicht dabei war.

Und er? Mit seinen zweiundfünfzig Jahren damals ja
auch nicht mehr der neueste. Johanna hatte zwar immer behauptet, man würde ihm sein Alter nicht ansehen. Aber er hatte die Jahre gespürt. Zumindest wenn
er nicht mit ihr zusammen war. Seitdem er die fünfzig
erreicht hatte sogar ziemlich deutlich. Damals wäre es
vielleicht noch gegangen. Aber zwanzig Jahre später?
Dann wäre er Anfang siebzig gewesen. Ein Opa. Neben
einer gerade einmal Fünfzigjährigen.

Irgendwann hätte sie ihn verlassen. Mit Sicherheit. Und dann er hätte er ohne alles dagestanden. Eine Vorstellung, die ihn nächtelang verfolgt hatte. Er, der nichts so sehr brauchte wie die verlässliche Zuwendung einer Frau. Der ohne solchen Halt haltlos war. Ins Bodenlose stürzte. Beschwert durch eine innere Last, die er seit seiner lieblosen Kindheit mit sich herumschleppte. Wie oft hatte er dieses Gefühl als kleiner Junge erlebt. Fallen, immer weiter. Mit seinen Taschen voller Sand. Dieses Bild zog sich offenbar durch sein ganzes Leben. Und dann war Maria aufgetaucht. An sie hatte er sich klammern können. Immer, jederzeit. Und die Angst war immer weniger geworden mit den Jahren. Bis sie schließlich fast ganz verschwunden war.

Manchmal, auf Dienstreisen, hatte er Andeutungen seiner früheren Angst erlebt. Das waren die Momente, in denen er Maria sofort angerufen hatte. Lange mit ihr gesprochen hatte, ihre beruhigende Stimme in sich aufgesogen hatte. Bis sie weggegangen war, die Panik. Dienstreisen hatte er gehasst. Und vermieden, wann immer es ging. Seine Kollegen hatten schon über ihn gespottet. Gemutmaßt, dass Maria ihn nicht von zuhause weglassen würde. Wenn die gewusst hätten. Er, die Wunderwaffe, hatte Angst. Das hätte ihm sowieso niemand geglaubt. Also hatte er irgendwann einfach behauptet, Maria käme mit Mia nicht alleine zurecht. Hatte Mia Koliken angedichtet, weshalb nachts ständig einer nach ihr sehen musste. Die Kollegen hatten es geschluckt. Ihn bedauernd angesehen, es aber geschluckt. Und von diesem Zeitpunkt an war er abends stets nach Hause zurückgekehrt. Egal, wohin es ihn tagsüber verschlagen hatte. Irgendeine Möglichkeit zurückzukommen gab es immer. Zur Not hatte er das Auto genommen.

Hätte Johanna das verstanden? Sie, die den erfolgreichen, charmanten Haudrauf in ihm geliebt hatte? Die ihn bewundert hatte ob seines Geistes, seiner Kraft, seines Durchsetzungsvermögens und seines weltmännischen Auftretens? In diesem Reigen von Männlichkeit und Stärke hatte Angst keinen Platz. Weshalb er auch nie mit ihr darüber gesprochen hatte.

Wenn er mit ihr zusammen war, hatte er sich durch ihre Augen gesehen. Dann war er der ohne Angst. Wie gerne wäre er der gewesen, den sie in ihm gesehen hatte.

26.

Maria hatte ihn mitten in der Nacht geweckt. »Es sticht so, Johann. Ich glaube, es ist das Herz.«

Schlaftrunken hatte er sich zu ihr umgedreht. Es hatte etwas gedauert, bis er verstanden hatte, was los war.

»Maria, was ist los? Stiche? Wo? Jetzt sag schon. Wo kommen die Stiche her?«

»Aus dem Arm. Und ziehen sich bis in die Brust.«

Wo in aller Welt hatte er den Zettel? Er hatte sich die Symptome doch aufgeschrieben. Um im Falle eines Falles zu wissen, ob er den Notarzt rufen müsse. Es wurde doch immer gesagt, dass in solchen Fällen jede Minute wichtig war. Wo war nur dieser verdammte Zettel? Hatte er ihn etwa zuhause in den Schreibtisch gelegt? Oder in die Brieftasche, wo ein solcher Zettel auch hingehörte? Nervös durchsuchte Johann deren Inhalt. Nichts. Noch einmal von vorne und jetzt konzentriert. Was hatte sich denn hier alles angesammelt? Nur kein Zettel. War er vielleicht im Portemonnaie? Aber wo war das Portemonnaie? Was hatte er heute getan? Er war in der Gastwirtschaft gewesen. Und dort hatte er sein Portemonnaie das letzte Mal in den Händen gehabt. Beim Zahlen. Also musste es in der Hosentasche stecken. Da war es. Und da war auch der Zettel. *Engegefühl, Schmerzen in der Herzgegend, heftiger Druck im Brustkorb.*

»Maria, ganz langsam. Wo tut's weh?«

»Habe ich doch schon gesagt. Mehr kann ich jetzt auch nicht sagen.“

»Soll ich einen Arzt rufen? Blöde Frage. Ich rufe jetzt einen Arzt.«

»Nein, um Himmels Willen, Johann. Keinen Arzt, bitte nicht.«

Typisch Maria. Wahrscheinlich fiel das jetzt in die Kategorie *Keine Umstände machen*. Aber er hatte den Hörer schon in der Hand. Gott sei Dank stand die Nummer des ärztlichen Bereitschaftsdienstes auf dem Telefon.

»Ja, Malitz hier. Wir brauchen dringend einen Krankenwagen. Verdacht auf Herzinfarkt. Bitte beeilen Sie sich.«

Nachdem er die Adresse des Hotels genannt hatte, legte er auf. Schweißnass vor Angst.

»Maria, schau mich an. Mach dir keine Sorgen. Es kommt jemand. Bleib ganz ruhig.«

Maria schaute ihn verängstigt an. Hatte sie wirklich Angst oder war ihr nur sein Anruf unangenehm? Bei ihr wusste man das nicht. Warum dauerte das nur so lange? Das Krankenhaus war doch gar nicht so weit entfernt. Und bei Verdacht auf Herzinfarkt würde der Krankenwagen doch wohl sofort losfahren. Johann ging ans Fenster. Von dem aus man die Straße aber gar nicht sehen konnte. Nur den Außenpool, in dem sich gerade der Mond spiegelte.

»Jetzt trinkst du erst mal einen Schluck Wasser.«

Johann ließ das Wasser aus dem Hahn laufen, bis es

ganz kalt war. So, wie Maria es mochte.

»Maria? Hörst du mich? Trink das jetzt, das wird dir gut tun.«

Maria schaute ihn zweifelnd an. Dann trank sie gehorsam das ganze Glas aus.

Ob er noch einmal anrufen sollte? Aber die wussten doch, dass hier jemand mit Herzinfarkt lag. Oder zumindest mit Verdacht darauf.

Endlich klopfte es an der Tür. Panik kroch ihm die Kehle hoch. Ohne sich vorzustellen betrat der Notarzt das Zimmer. Er schaute Johann fragend an und zeigte dann wortlos auf Marias Bett. Johann nickte. Zwei weitere völlig übernächtigt wirkende Männer blieben an der Tür stehen. Der Arzt hatte sich inzwischen an Marias Bett gesetzt. War das überhaupt der Notarzt? Oder nur ein Rettungssanitäter? Die hatten doch gar keine Ahnung, wie man sich bei einem Herzinfarkt zu verhalten hatte.

»Sind Sie Arzt?«

»Was meinen Sie denn? Klempner?«, erwiderte der Mann mit einem Anflug von Lachen.

»Ich dachte ja nur.«

Johann sackte in sich zusammen. Sein Herz schlug so schnell, wie er es selten hatte schlagen hören. Er rang nach Luft.

»Wer hat hier eigentlich den Herzinfarkt, Ihre Frau oder Sie?«

Johanns Augen verengten sich zu Schlitzen.

»Machen Sie einfach Ihren Job. Und ersparen Sie mir

Ihre Witze.«

Verdammt, er hätte nicht so unfreundlich sein sollen. Johann raufte sich die Haare. Schließlich war er von ihm abhängig. Der Arzt hatte sich jedoch schon wieder Maria zugewendet, die jetzt geduldig seine Fragen beantwortete. Als die Untersuchung beendet war, gab er ein Zeichen in Richtung der wartenden Männer.

»Und? Was ist jetzt?«, fragte Johann kleinlaut.

»Wir fahren ins Krankenhaus. Sieht nicht nach Herzinfarkt aus. Aber ausschließen kann ich das natürlich nicht."

»Kann ich mitfahren?«

»Ja natürlich können Sie das. Und packen Sie ein paar Sachen zusammen. Für den Notfall.«

Was packte man denn zusammen für den Notfall? Maria hätte das gewusst. Aber er hatte seit über vierzig Jahren nichts mehr gepackt. Nicht für sich, nicht für Maria, nicht für einen Notfall. Und schon gar für Maria und einen Notfall. Eine Zahnbürste? Ja, klar. Und ein Nachthemd. Aber das trug sie ja bereits. Also eher eine Hose und eine Bluse. Und vielleicht etwas Unterwäsche. Unbeholfen suchte Johann die Sachen zusammen. Dann fuhren sie los.

»Warten Sie hier. Wir verständigen Sie, wenn die Untersuchungen beendet sind. Und machen Sie sich keine Sorgen. Wie gesagt, ich glaube nicht, dass es das ist, was Sie befürchten. Das ist jetzt nur noch eine Routineuntersuchung.«

Johann setzte sich auf die Wartebank. Er traute diesem Kerl nicht. Warum war so jemand bloß Arzt geworden? Arzt sein bedeutete doch mehr, als Fachkenntnisse erworben zu haben. Eiskalt, dieser Typ. In einer solchen Situation Witze zu machen. Er würde sich beschweren. Später, wenn Maria wieder zuhause war. *Wenn* sie wieder nach Hause kommen würde. Sie hatte so schlecht ausgesehen und auf der ganzen Fahrt kein Wort mehr gesagt. Wenn sie jetzt ... Nein, er durfte diesen Gedanken nicht zu Ende denken. Sonst würde er verrückt werden. Er brauchte Maria. Wie hatte ihn die Sache mit Johanna überhaupt so beschäftigen können? Elf Jahre später. Wenn Maria etwas zustoßen würde, das würde er nicht überstehen. Mia und Erik würden sich bestimmt nicht um ihn kümmern. Und Leo? Der war viel zu klein. Der würde ihm bestimmt keinen Halt geben können.

Wieso dauerte das schon wieder so lange? Wieviel Untersuchungen waren denn nötig, um einen Herzinfarkt auszuschließen? Oder hatten die Untersuchungen noch gar nicht begonnen? Seine eigenen Erfahrungen mit der Notaufnahme waren auf jeden Fall nicht dazu angetan, vertrauensvoll abzuwarten. Damals, als er den Krankenwagen wegen des Verdachts auf Blinddarmdurchbruch gerufen hatte. Stundenlang hatte er im Wartezimmer der Notaufnahme verbracht, ohne dass sich auch nur irgendjemand um ihn gekümmert hatte. Letztlich hatte sich sein Verdacht zwar nicht bestätigt. Aber das hatte ja niemand wissen können.

Wenn es so gewesen wäre, wie er damals befürchtet hatte, er wäre doch im Wartezimmer vor die Hunde gegangen. Ob er noch mal fragen sollte? Aber wen? Er würde zur Anmeldung gehen müssen. Hier hatte sich seit seiner Ankunft ja niemand mehr blicken lassen.

»Johann, da bist du ja. Es ist alles in Ordnung. Keine Spur von Herzinfarkt. Es kommt wohl vom Rücken, vermuten die Ärzte. Vielleicht habe ich mich verlegen oder ungünstig bewegt. Auf jeden Fall muss ich nicht hierbleiben. Wir können jetzt nach Hause fahren.«

27

»Opa, gehst du heute mit mir auf den Platz? Lasse ist nicht mehr lange hier. Bitte sag ja!«

Johanns Kopf schwirrte. Nein, er würde auf gar keinen Fall mitgehen. Diese verdammten Erinnerungen sollten dahin zurückgehen, wo sie hergekommen waren. Und sich jetzt mit Lasse und seiner Mutter zu treffen, würde diesen Vorsatz ins Wanken bringen, so viel war klar.

»Nein, Leo. Heute wird Opa noch mal in die Berge gehen. Du kannst ja mitkommen. Was hältst du davon?«

»Wandern meinst du?«

Johann musste lachen. »Ja, klar. Deshalb bin ich zumindest hier. Zum Wandern.«

Leo schaute ihn fragend an. Aber auf einmal hellte sich sein Gesicht auf. »Weißt du was, Opa? Ich komme mit.«

Johann hatte mit nichts so wenig gerechnet wie mit Leos Zusage. Freute er sich? Er wusste es nicht.

»Dann zieh dir vernünftige Schuhe an, steck eine Regenjacke ein und dann los.«

Wenige Minuten später stand Leo vor ihm. Entschlussfreudiger als sein Vater war er ja allemal.

»Wohin gehen wir?«

»Ich habe uns schon eine Route rausgesucht. Wir gehen erst mal ein ganzes Stück den Berg rauf bis zum Oberen Höhenweg. Das wird ein bisschen anstrengend, weil es ziemlich steil nach oben geht. Ist aber gut zu schaffen. Man kann theoretisch auch mit dem Sessellift fahren, aber das ist nur was für Weicheier. Und das sind wir ja nicht. Dann geht's Richtung Baad. Eine wunderschöne Waldstrecke. Wirst du sehen. Und wenn wir da angekommen sind, gehen wir ein Eis essen. Dann können wir uns immer noch überlegen, ob wir den Rückweg zu Fuß gehen oder den Bus nehmen. Alles klar?«

Leo nickte stolz und dann zogen sie los.

Johann war verunsichert. Soweit er sich erinnerte, waren sie noch nie längere Zeit alleine gewesen. Mal abgesehen vom Fußballspielen, aber da redete man ja nicht. Über was sollte er mit seinem Enkel sprechen? Über welche Themen sprach man überhaupt mit einem Elfjährigen? Über die Schule? Nein, Blödsinn, solche Fragen hatte er als Kind immer gehasst. Und im Übrigen wollte er hier doch nicht den Opa raushängen lassen. Es musste schon was Bedeutenderes sein. Ein Thema, das Leo merken ließ, dass sein Großvater nicht so ein Nullachtfünfzehn-Großvater war. Der Junge sollte spüren, dass er jemand war, dem man sich anvertrauen konnte. Mit dem man heikle Dinge besprechen konnte und der dazu auch was zu sagen hatte. Anders als mit seinem Vater, mit dem solche Gespräche ja vermutlich nicht möglich waren.

Mädchen? Konnte das ein Thema sein? Vorstellen konnte er sich das ja nicht. Aber wer weiß? Vielleicht war es am besten, einfach mal drauflos zu fragen. Nicht so verkopft an das Gespräch heranzugehen.

»Und Leo, was machen die Mädels? Hast du schon eine Freundin?«

Leo schaute ihn entgeistert an. Johann konnte geradezu zusehen, wie ihm die Röte ins Gesicht stieg. Oh je, dieser Versuch war offensichtlich völlig in die Hose gegangen.

»Macht doch nichts. Hatte ich in deinem Alter doch auch noch nicht. Gefallen hat mir aber schon eine. Mareike, so hieß sie. Spielte immer mit uns Jungs auf dem Schulhof. Eine ganz Süße. Blonde lange Haare, immer zum Zopf gebunden, und dünn wie ein Strohhalm. Wie habe ich die angehimmelt. Über Monate. Aber keine Chance. Was rede ich. Nicht den Hauch einer Chance. Ich glaube, die hatte immer ein Auge auf meinen älteren Bruder geworfen. Das Los der Jüngeren. Aber das ändert sich später. Lass es dir gesagt sein, Leo.«

Johann schaute Leo unsicher an. Hatte er das Ruder noch einmal herumreißen können? Nach Leos Blick zu urteilen nicht. Die Röte schien eher noch intensiver geworden zu sein und geantwortet hatte er auch nicht. Verdammt, was sollte er denn jetzt sagen? Erst mal abwarten, Zeit gewinnen. Vielleicht kam ja noch was.

»Meinst du, ich lerne das noch?«

Erleichtert rang Johann nach Worten. Das war ja gerade noch mal gutgegangen. Jetzt bloß keinen Fehler machen.

»Aber klar, Leo. Das wird mit jedem Mal einfacher. Mit elf hat man doch noch gar keine Ahnung. Keine Erfahrung. Das kommt alles. Verlass dich drauf. Und irgendwann werden sie dir zu Füßen liegen. Wenn du's richtig machst. Lass dir das von deinem Opa gesagt sein. Der kennt sich aus mit sowas.«

Geschafft. Jetzt war das Eis gebrochen.

»Weißt du, Mädchen stehen auf erfolgreiche Typen. Auf Kerle. Zu denen sie hochschauen können. An deiner Stelle würde ich erst mal ...«

Johann stutzte. Warum schaute Leo ihn so fragend an?

»Ich bin doch schon ein bisschen besser geworden, oder? Sag ehrlich, Opa.«

»Besser geworden? Was meinst du damit?«

Wovon redete der Junge?

»Leo?«

»Ich meine, seitdem wir zum ersten Mal auf dem Platz waren. Ich finde, ich bin besser geworden, Opa, oder?«

Es hatte ein bisschen gedauert, aber dann war auch bei Johann der Groschen gefallen. Ach du liebe Güte. Das war es, was den Jungen beschäftigte. Und er kam mit Mädchengeschichten.

»Na klar, Leo. Viel besser. Du hast dich von Mal zu Mal gesteigert. Und wenn du zuhause weiter trainierst, kannst du vielleicht irgendwann in einen Verein gehen. Was hältst du davon?«

»Ja, das wäre schön. Aber zuerst muss ich noch besser werden.«

»Dann müssen wir wohl noch ein bisschen üben. Ich

bin dabei!«

Leos Augen hatten gestrahlt. Bei seinem letzten Satz. Vielleicht war das ja ihr Thema. Für den Anfang. Vielleicht konnte er auf diesem Gebiet eine Rolle spielen bei seinem Enkel. Und andere Themen würden folgen.

Da war er ganz sicher.

28.

Sie waren spät zurückgekehrt. Leo war so begeistert gewesen von ihrer Wanderung, dass sie beschlossen hatten, auch das letzte Stück von Baad nach Mittelberg zu Fuß zu gehen. Mit Leo zu spät zum Abendessen zu erscheinen, hatte eine ganz andere Wirkung, als wenn ihm das alleine passierte. Jetzt war er der liebevolle Großvater, der im Zusammensein mit dem Enkel die Zeit vergessen hatte. Maria hatte ihn freundlich wie selten empfangen und Mia hatte sofort alles über ihre Wanderung wissen wollen. Wie weit, wie hoch, wie steil ... Sie hatte gar nicht mehr aufgehört zu fragen. Und Leo hatte stolz von den etwa dreihundert Höhenmetern berichtet, die sie zu Beginn ihrer Wanderung überwunden hatten. Offensichtlich nicht ahnend, dass das ein Klacks war im Vergleich zu dem, was Johann sonst so bei seinen Touren bewältigte. Und dass er ein paarmal von Opas Radler hatte trinken dürfen. Und überhaupt, dass es einer der schönsten Nachmittage des Urlaubs gewesen sei. Vom Fußball mal abgesehen, hatte er noch hinterhergeschoben. Johann strahlte. Diese kleine Tour hatte sie einander nähergebracht als alle Nachmittage zuvor.

»Und ihr? Was habt ihr getrieben?«
»Wir waren erst ein bisschen im Städtchen und haben uns dann später noch an den Pool gelegt«, hatte Maria zufrieden lächelnd geantwortet. »Und Erik hat sich

eine Hose gekauft.«

Johann durchfuhr eine Welle der Gereiztheit.

»Für welches Beige hat sich Erik denn diesmal entschieden?« Schon während er es aussprach, ahnte er,
dass er mit dieser einen Bemerkung den ganzen Abend
verderben würde. Und Marias Blick ließ die Ahnung
zur Gewissheit werden. Strafend sah sie ihn an. Strafend und erschrocken. Wenig war ihr so unangenehm
wie kleine spitze Bemerkungen. Insbesondere wenn sie
sich gegen Erik richteten. Auch Mias Blick verriet, dass
sie die hinter dieser Äußerung stehende Einschätzung
sehr wohl verstanden hatte. Erik, der Langweiler. Wie
oft hatte Johann das bereits auf die eine oder andere
Weise zum Ausdruck gebracht. Und Mia hasste ihn dafür. Sie ertrug diesen Blick auf Erik nicht. Sie ertrug ihn
so wenig, dass sie ständig irgendwelche Geschichten
von Erik zum Besten gab, die ihn abenteuerlich und
unberechenbar erscheinen lassen sollten. Maria unter-
stützte dieses Bemühen dann meist noch dadurch, dass
sie Sachen sagte wie: »Nein, dieser Erik. Immer für
eine Überraschung gut.« Als hätte Erik in seinem ganzen Leben auch nur einmal irgendwen überrascht. Erik
war vorhersehbar wie das Ticken der Küchenuhr. Ob
Mia eigentlich selbst an ihre Geschichten glaubte?

»Mittelbeige, Papa, mit einem kleinen Stich ins Gelbe
und einer Ahnung von grau. Reicht dir die Beschreibung? Oder soll ich genauer werden?«

Humor hatte sie ja, seine Tochter. Musste sie von ihm
haben. Von Maria jedenfalls nicht. Die schaute Mia

jetzt nämlich kopfschüttelnd an. Als würde sie sich gerade fragen, ob ihre Tochter eigentlich noch alle beisammen hätte.

Nur Erik hatte hinter seiner Frage offensichtlich weder Spott noch Missachtung geargwöhnt. Was Johann nicht wunderte. Da sich nicht nur Eriks Hosen, sondern auch sein gesamtes Denken und Empfinden innerhalb des Farbspektrums hell- bis mittelbeige bewegte, nahm er die feinsinnigen Töne nur äußerst selten wahr.

Doch das half Johann jetzt auch nicht weiter. Mutter und Tochter hatten inzwischen mehrfach zornerfüllt die Köpfe geschüttelt und sich danach einvernehmlich in Schweigen gehüllt.

Das Urteil war gesprochen.

29.

Maria hatte den ganzen Abend kein Wort mehr mit ihm gesprochen. Vor dem Zubettgehen hatte sie sich bestimmt eine halbe Stunde lang die Haare gekämmt. Zumindest war es Johann so lange vorgekommen. Und dann hatte sie sich ins Bett gelegt. Auf den äußersten Rand ihrer Betthälfte. So dass er schon befürchtet hatte, sie würde irgendwann auf dem Boden landen. Und dann hatte sie gelesen. Oder zumindest so getan. Als ob sie sich in diesem Zustand auf ein Buch hätte konzentrieren können.

»Maria?«

Keine Antwort.

»Ich hab's nicht so gemeint. Ist mir halt rausgerutscht.«

Keine Reaktion.

»Verdammt, jetzt sei doch nicht so nachtragend. Er ist doch auch ein Langweiler. Wenn du ehrlich bist, findest du das doch auch.«

»Jetzt will ich dir mal was sagen, Johann. Erik ist ein zuverlässiger, ehrlicher und treuer Ehemann. Der sich so gibt, wie er ist, und im Gegensatz zu dir kein großes Tamtam um sich macht. Mia kann froh sein, einen solchen Mann gefunden zu haben. Und du solltest dich hüten, ihre Beziehung durch deine boshaften Bemerkungen zu belasten.«

Johann sah sie erstaunt an. Es war das erste Mal, dass

Maria ihm gegenüber derart deutliche Worte gefunden hatte.

»Tamtam? Was meinst du damit?«

Schweigen.

»Maria? Ich hätte gerne eine Antwort. Mache ich in deinen Augen Tamtam um mich?«

Ihr Blick hatte etwas Einlenkendes bekommen.

»Ach, ich weiß nicht. Manchmal habe ich den Eindruck, dass du nicht damit zurechtkommst, älter zu werden.«

»Wie kommst du denn darauf? Wenn einer gut damit zurechtkommt, dann doch ich.«

»Na ja, den Eindruck habe ich aber gar nicht. Warum sonst kleidest du dich oft so wenig altersgemäß? Manchmal geradezu wie ein junger Mann. Was meinst du denn, wie ich mich dann neben dir fühle?«

Ach daher wehte der Wind. Maria fühlte sich alt neben ihm. Darüber hatte er noch nie nachgedacht. Aber klar, sie war zwei Jahre älter als er. Und das war bestimmt nicht einfach. Jetzt. Damals, während ihres Kennenlernens, da war er es, der sich wegen des Altersunterschieds unterlegen gefühlt hatte. Mit seinen achtzehn Jahren um eine Zwanzigjährige zu kämpfen, war nicht einfach gewesen. Aber dieses Gefühl hatte sich gelegt. Und irgendwann waren die zwei Jahre völlig egal gewesen. Aber dann, Jahre später, auf einmal nicht mehr. So mit Anfang vierzig war ihm ihr Vorsprung dann sogar ein bisschen unangenehm geworden. Die Kollegen mit ihren oft wesentlich jüngeren Frauen hatten Maria manchmal so abschätzend angesehen. So als würden sie sich fragen, was er denn mit so einer Frau wolle. Zuerst hatte er gedacht, sich das nur einzubilden. Aber irgendwann hatte er gewusst, dass er richtig lag mit seiner Vermutung.

Er hatte das nie angesprochen. Um Gottes Willen. Aber dennoch war es ein Thema für ihn gewesen. Und für Maria offenbar auch. Und jetzt hatte sie es zum ersten Mal ausgesprochen. Es musste weh getan haben.

Schon all die Jahre.

30.

Er hatte die ganze Nacht nicht geschlafen. Irgendwann war Maria an ihn heran gerutscht. Hatte angefangen, ihn zu streicheln. Langsam und unsicher. Er hatte es eine Zeit lang geschehen lassen. Und dann so getan, als sei er eingeschlafen. Er hatte sich so schäbig gefühlt. Er hätte heulen können, so mies war er sich vorgekommen. Aber es ging nicht. Schon seit zwölf Jahren nicht mehr. Seit zwölf Jahren lebten sie wie Bruder und Schwester nebeneinander.

Aber wie hätte er sich nach Johanna noch einmal auf sie einlassen sollen? Johanna, deren Körper so perfekt, so atemberaubend gewesen war. In ihrer Gegenwart war er zerflossen. An manchen Abenden hatte er das Gefühl gehabt, die Grenzen hätten sich zwischen ihnen aufgelöst. Ein Rausch, dem er wehrlos erlegen war. Und jung hatte er sich wieder gefühlt. So jung wie nie zuvor. Zumindest in diesen Momenten. Noch nicht einmal mit dreißig hatte er diese Kraft gespürt.

Die Blicke, wenn er mit ihr unterwegs war. Blicke voller Anerkennung. Was muss das für ein Typ sein, der eine solche Frau hat? Er hatte nicht genug davon kriegen können. Und nach diesen ekstatischen Erlebnissen war er dann abends, oft spätabends nach Hause zurückgekehrt. Wahrscheinlich hatte er sogar nach ihrem Parfum gerochen. Anders als bei seinen Eskapaden zuvor hatte er sich bei Johanna noch nicht einmal mehr die

Mühe gemacht, seine Liaison zu verbergen. Maria hatte nie etwas gesagt. Noch nicht einmal gefragt, woher er kam um diese späte Stunde. Wollte er damals vielleicht sogar, dass die Sache aufflog? Auszuschließen war das nicht. Aber vorgenommen hatte er es sich auch nicht. Wenn er an diese Zeit zurückdachte, legte sich immer ein Nebel auf seine Gedanken. Die Erinnerung an diese Zeit war wie in Watte gehüllt. Er war nicht er selbst gewesen. Schon bald nach ihrer ersten Begegnung hatte er die Kontrolle verloren. Er, der immer alles unter Kontrolle gehabt hatte.

In dieser Zeit hatte er sich mehr und mehr von Maria abgewendet. Körperlich. Bis er sie irgendwann gar nicht mehr angefasst hatte. Aufgefallen war ihr das bestimmt. Aber wie hatte sie es sich erklärt? Vielleicht hatte sie es auf sein Alter geschoben. Oder auf die Dauer ihrer Beziehung. Nicht dass ihr vorheriges Liebesleben der Erwähnung wert gewesen wäre. Aber es hatte existiert. Ab und zu. Ruhig, gleichförmig, eingefahren. Auf die ihnen eigene Art eben.

Und wäre Johanna nicht aufgetaucht, wäre das wahrscheinlich noch ewig so weitergegangen.

31

Irgendwann musste er dann doch eingeschlafen sein. Als er die Augen aufschlug, bemerkte er, dass Maria schon aufgestanden war. Was die Sache noch komplizierter machte, weil er sich jetzt noch nicht einmal erklären konnte. Gleichzeitig aber auch einfacher, weil er sich nicht erklären musste. Was hätte er auch sagen sollen? Die Wanderung mit Leo war so anstrengend? Und deshalb bin kurz vor dem ersten Sex nach zwölf Jahren Pause leider eingeschlafen? So gesehen war es sicher besser, sich nicht erklären zu müssen. Aber die Frage war damit ja nicht weg. Sie stand im Raum und würde da auch stehen bleiben. Und zwar nicht irgendwo am Rand, versteckt, nein, mittendrin. Und das eine ganze Weile, so viel war sicher.

Er hatte es gerade noch rechtzeitig zum Frühstück geschafft. Die anderen hatten sich bereits am Büfett bedient und warteten offensichtlich auf den Kaffee. Nur Leo fehlte noch. Niemand hatte aufgeschaut, als er sich an den Tisch gesetzt hatte. Warum diese Stille? Maria konnte das doch unmöglich angesprochen haben. Plötzlich fiel Johann ein, dass es am Abend zuvor ja noch diese andere Sache gegeben hatte. Die mit Eriks Hose. Die Erik aber doch gar nicht als solche wahrgenommen hatte. Warum also stierte sogar er jetzt wortlos auf seinen Teller? Hatte Mia ihn etwa aufgeklärt?

So langsam überstieg das alles seine Kräfte. Frau, Tochter, Schwiegersohn, alle waren sauer, enttäuscht oder gekränkt. Aus unterschiedlichen Gründen, aber das machte es ja nicht besser. Und jeder von ihnen konnte sich der Solidarität der beiden anderen sicher sein. Sechs Bündnislinien insgesamt. In seinem Geschichtsbuch hatte er die Länderkarten immer mit Pfeilen versehen, um sich die Allianzen besser merken zu können. Aber das war ja hier dank der Eindeutigkeit der Bündnisse nicht nötig. Ein bisschen konnte er es ja verstehen. Aber eben auch nur ein bisschen. Ein anderer Teil in ihm rebellierte gegen die Redeverbote und die zahlreichen Tabus, die sich in den vielen Jahren ihres Zusammenseins unausgesprochen etabliert hatten.

Er wollte nur noch weg. Weg aus dieser Atmosphäre. Weg von den Lügen, weg von all dem, was man nicht aussprechen durfte. Aber wohin? Gab es denn nicht irgendwo einen Ort, an dem er all das abschütteln konnte?

Den hatte es einmal gegeben. Aber den gab es nicht mehr.

32.

Auf dem Weg zum Hotelzimmer war er Leo begegnet. »Opa, was ist los?« Leo hatte ihn besorgt angesehen. „Wollen wir nicht ...?«

Aber Johann hatte ihn abrupt unterbrochen: »Nein, Leo, tut mir leid. Ich muss jetzt alleine sein. Sei nicht böse.«

Und dann war er ins Zimmer gelaufen, hatte sich dort in Windeseile die Schuhe angezogen und dann die Tür hinter sich verschlossen. Bloß jetzt nicht noch Maria begegnen. Er hatte sowieso schon das Gefühl, keine Luft mehr zu kriegen. Er musste raus. Weg. Nur noch weg.

Als er das Dorf hinter sich gelassen hatte, atmete er ein paar Mal tief durch. Die Panik hatte etwas nachgelassen und sein Puls hatte sich wieder etwas beruhigt. So etwas hatte er noch nie erlebt. Panik, ja. Die war ihm bekannt. Aber bisher war es immer Maria gewesen, die die Panik hatte vertreiben können. Vorhin aber war sie es gewesen, die sie ausgelöst hatte. Johann fühlte sich wie im freien Fall. Die bisher so sichere Zuflucht hatte sich gerade in nichts aufgelöst. Er durfte jetzt nicht darüber nachdenken. Zuerst einmal musste er sich fangen. Gleichmäßig atmen, ein und aus, ein und aus. Langsam, ganz ruhig. An etwas Schönes denken, etwas Beruhigendes. Zum Beispiel an das Geräusch der Meereswellen, wenn sie sich über den Strand ergossen.

Diese Vorstellung hatte doch immer geholfen. Und jetzt einfach einen Schritt vor den nächsten setzen und noch einen und noch einen.

Er wurde ruhiger. Langsam bekam er die Situation wieder in den Griff. Vielleicht waren das ja auch nur die Schnäpse gewesen, die er gestern so hastig hinuntergestürzt hatte. Nachdem er gemerkt hatte, dass seine Bemerkung über Erik so schlecht angekommen war. Möglich war's. Schnaps vertrug er einfach nicht. Hatte er noch nie vertragen.

33

Was waren das denn für Stimmen? Nach Mia hörte sich das nicht an. Nein, das waren Kinderstimmen. Das gerade war eindeutig Leo gewesen. Und wer noch? Johann stellte sich neben die Tür des Hotelzimmers. Und so peinlich das Bild auch war, das er da gerade bot, er lauschte. Wer in aller Welt war bloß die andere Stimme?

»Ich kenne ihn gar nicht.«

»Du kennst ihn nicht? Ist er tot?«

»Nein, ich kenne ihn einfach nicht.«

Stille.

»Verstehe ich nicht.«

»Was gibt's denn da nicht zu verstehen?«

»Wo ist er denn?«

»Weiß nicht. Weg.«

Wieder Stille.

»Und wo? «

»Verdammt noch mal. Wie oft soll ich das denn noch sagen. Weg. Einfach weg. Wieso kapierst du das nicht?«

»Weil Väter doch nicht einfach weg sind.«

»Meiner aber. Können wir über was anderes sprechen?«

»Und du hast ihn wirklich noch nie gesehen? Auch nicht bei der Geburt?«

»Leo! So'n Quatsch. Da konnte ich doch noch gar nicht

richtig gucken. Und selbst wenn ich ihn da gesehen hätte, wäre ich doch jetzt auch nicht klüger.«

»Hast recht. War dumm, die Frage.«

Johann trat einen Schritt zurück. Jeden Moment konnte einer der Jungs aus dem Zimmer kommen. Und dann musste es so aussehen, als sei er gerade auf dem Weg in sein Hotelzimmer.

»Vermisst du ihn?«

So viel Einfühlungsvermögen hatte er Leo gar nicht zugetraut.

»Weiß nicht. Nein. Vielleicht. Manchmal.«

Wieder Pause.

»Eigentlich ist es normal so. Ich kenne es ja gar nicht anders. Aber manchmal, wenn ich Kinder mit ihren Vätern sehe oder dich mit deinem Opa, dann muss ich wieder daran denken. Dann frage ich mich immer, wie er einfach hat gehen können. Ich bin doch sein Kind.«

Irgendwas war auf den Boden gefallen. Hörte sich an wie ein Trinkglas, das zersplittert war. Hoffentlich kam Leo jetzt nicht auf die Idee, seine Mutter zu rufen.

»Scheiße, wenn das meine Mutter sieht. Warte, ich mach das schnell weg.«

Johann meinte, das Glas in den Abfalleimer fallen zu hören. Ob das so klug ist, dachte er.

»Vermisst deine Mutter ihn auch?«

»Weiß nicht. Sie spricht nicht darüber. Nie. Leider. Ich wüsste so gerne so viel. Aber sie sagt nichts. Hat mir noch nicht einmal ein Foto von ihm gezeigt. Und ich wette, sie hat welche. Später, wenn ich groß bin, werde ich ihn suchen. Davon wird mich niemand abhalten. Geschworen.«

Johann hatte genug gehört. Vorsichtig schlich er in sein Zimmer. Erleichtert, dort niemanden vorzufinden. Ob sie wieder im Städtchen waren und nach einer weiteren Hose für Erik Ausschau hielten? Er ließ sich aufs Bett fallen. Müde war er. Unendlich müde.

Jetzt erst bemerkte er, wie sehr ihn Lasses Erzählung berührt hatte.

34.

Schweißgebadet wachte er auf. Er war durch eine
Röhre gerutscht. Hatte ausgesehen wie diese geschlos-
senen Riesenrutschen im Schwimmbad, an deren Ende
die Kleinen dann immer mit lautem Geschrei ins Wasser plumpsten. Nur dass diese Rutsche kein Ende
hatte. Immer, wenn er von weitem gedacht hatte, den
Ausgang zu sehen, hatte sich das beim Näherkommen
als Trugschluss erwiesen. Dunkel war es gewesen und
glitschig. Unablässig hatte von der Decke Wasser ge-
tropft. Öliges Wasser, das unangenehm gerochen
hatte. An manchen Stellen war die Röhre lichtdurch-
lässig gewesen. Gerade mal so viel, dass er dann hatte
sehen können, dass sie sich immer weiter schlängelte.
Kein Ende in Sicht. Irgendwann hatte er panisch gegen
die Wände getrommelt und um Hilfe gerufen.

Vermutlich war er von seinem eigenen Geschrei aufgewacht. Ob ihn jemand gehört hatte? Gott sei Dank war
er alleine im Zimmer. Aber wenn er wirklich so laut geschrien hatte wie im Traum, musste das ganze Hotel
alarmiert sein.

Wo war eigentlich Maria? Er hatte sie seit heute Morgen nicht mehr gesehen. Und jetzt war es bestimmt
schon früher Abend. Marias Wecker zeigte sieben Uhr.
Ob er runtergehen sollte? Wahrscheinlich saßen die

anderen bereits beim Abendessen. Aber auf welche Stimmung würde er dort treffen?

Nein, runtergehen war definitiv keine gute Idee. Auch wenn er furchtbaren Hunger hatte. Johann zog sich die Decke über den Kopf. Das hatte er schon als Kind immer getan, wenn er so gar nicht mehr weitergewusst hatte.

35.

Ob Lasses Vater sich ähnliche Gedanken machte wie er? Oder wusste er vielleicht gar nichts von der Existenz seines Sohnes? Warum sonst war er nie in Erscheinung getreten? Johann stockte. Was für eine dumme Frage. Es gab hundert Gründe, nicht in Erscheinung zu treten. Und einer dieser Gründe hatte ja schließlich auch ihn veranlasst, das nicht zu tun. Auch wenn er bis heute nicht hätte sagen können, was eigentlich ausschlaggebend gewesen war für seine Entscheidung damals.

Immer wenn er sich an diese Wochen vor der Trennung erinnerte, sah er alles wie durch Milchglas. Lag es daran, dass er damals kaum noch hatte schlafen können und sich wie angezählt durch die Tage gequält hatte? Tage, an denen er nichts anderes getan hatte, als über die Frage nachzudenken: *Was soll ich tun?* Aber so weit war er ja bereits vor ein paar Tagen gewesen. Bevor er den Entschluss gefasst hatte, alles wieder unter den Teppich zu kehren und nicht weiter darüber nachzudenken. Bis das Gespräch der beiden Jungs dann wieder alles an die Oberfläche gespült hatte. Nicht nur seine Gefühle, sondern auch die Frage nach dem Warum. Die er am Ende seines inneren Monologs mit Angst beantwortet hatte. Ein unangenehmes Fazit. Schöner wäre gewesen, seine Entscheidung mit der

Liebe zu seiner Frau erklären zu können. Aber hatte er Maria zu dieser Zeit überhaupt noch geliebt? Und was war das überhaupt, Liebe? Irgendwo hatte er einmal gelesen, Liebe sei, für den anderen nur das Beste zu wollen. Nach dieser Definition liebte er Maria sogar heute noch. Aber war Liebe nicht mehr? Zumindest, wenn es sich um Mann und Frau handelte? Gehörten dann nicht auch Hingezogenheit und Faszination dazu? Nein, es war nicht die Liebe zu Maria gewesen, die ihn damals so hatte entscheiden lassen. Es war die Angst gewesen, sie zu verlieren. Und das war etwas völlig anderes.

Es war ja auch nicht das erste Mal gewesen, dass er sich vor einer bevorstehenden Veränderung weggeduckt hatte. Das Angebot der Großkanzlei in Köln damals. Es war so verlockend gewesen. Das Doppelte seines damaligen Gehalts hatte man ihm angeboten. Und die Aussicht auf eine Partnerschaft, die man ihm in seiner Kanzlei erst Jahre später angeboten hatte. Maria war dagegen gewesen. Wollte partout nicht umziehen. Hatte ihre Eltern vorgeschoben, die bald nicht mehr ohne ihre Unterstützung auskommen würden. Was Blödsinn war und das hatte sie selbst auch gewusst. Fest im Dorf verwurzelt mit drei im Ort wohnenden Kindern hätte ihr Wegzug für ihre Eltern überhaupt kein Problem dargestellt. Aber er war erleichtert gewesen, so billig aus der Nummer rauszukommen. Hatte alles auf Maria schieben können, wenn jemand ihn darauf angesprochen hatte. Und irgendwann hatte er diese Begründung dann schon so verinnerlicht, dass er selbst daran geglaubt hatte. Maria, für die er seine Karriere geopfert hatte. Das hatte besser geklungen als die Wahrheit. Nur Paul hatte er nichts vormachen können. Der hatte ihm wissend in die Augen gesehen und nur ein Wort gesagt: *Schade.*

Johann starrte an die Decke. Also war es einfach fehlender Mut gewesen. Er hatte der Angst die Entscheidung übergeben.

Wie sollte er mit einem solchen Fazit leben?

36.

Ob Johanna noch immer in ihrer alten Wohnung lebte? Nach der Trennung damals war sie relativ schnell in eine andere Stadt gezogen. Mit dem Baby im Bauch. Sie hatte ihm erklärt, dass sie neu anfangen wolle. Und das sei nicht möglich, wenn sie täglich damit rechnen müsse, ihm zu begegnen. Womit sie sicher recht gehabt hatte. Die neue Wohnung hatte er nie betreten. Nur auf einigen Fotos Ausschnitte gesehen. Eine typische Johanna-Wohnung. Er hätte die Wohnung aus tausenden heraus als ihre erkannt. Mittlerweile war sie bestimmt eine erfolgreiche Anwältin. Klug und zielstrebig, wie sie war. Einen kleinen Karriereknick hatte es sicher gegeben. Als alleinerziehende Mutter. Aber Johanna hatte das aufgeholt. Da war er ganz sicher.

Wer sagte ihm überhaupt, dass sie noch alleinerziehend war? Damals, als sie sich noch geschrieben hatten, hatte es niemanden gegeben. Zumindest hatte sie nie jemanden erwähnt. Aber in fünf Jahren konnte viel passiert sein. Bei einer solchen Frau allemal. Wie immer, wenn er an diesem Punkt seiner Überlegungen angekommen war, spürte er einen Stich. Das würde er nicht ertragen. Alles, nur nicht das.

Und wenn er einfach mal hinfahren würde? Nicht klingeln. Nein. Einfach mal schauen, ob sie noch unter ihrer alten Adresse zu finden war. Vielleicht würde er sie ja dann zufällig sehen. Ben zufällig sehen. Würde er ihn überhaupt erkennen? Fünf Jahre älter als auf dem letzten Foto? Ein Versuch. Es wäre einfach ein Versuch. Und dann konnte er immer noch entscheiden, wie er sich verhalten würde.

»Johann? Was machst du da unter der Decke?«
Er schlug die Decke zurück und sah Maria verstört an.
»Wo warst du den ganzen Tag? Ich habe mir Sorgen gemacht. Obwohl ich böse auf dich bin. Sehr böse.«
»Ich war spazieren. Mir war plötzlich so seltsam heute Morgen. Ich musste raus. Tut mir leid.«
»Ohne ein Wort der Erklärung? Mia und Erik müssen doch denken ... Ich weiß es auch nicht. So habe ich dich noch nie erlebt. Erst die gemeine Bemerkung über Eriks Hose und dann ...«
Maria stockte. Das *und dann* stand im Raum. Und zwar mittendrin, wie er es befürchtet hatte. Er seufzte tief und sah Maria flehend an. Bitte jetzt nicht ansprechen, betete er in sich hinein. Nicht jetzt. Das halte ich nicht aus.

»Machst du dich fürs Abendessen fertig? Wir treffen uns gleich unten.«
Zumindest dieser Kelch war an ihm vorübergegangen. Andere Kelche warteten auf ihn, aber wenigstens nicht das Gespräch über die letzte Nacht. Zumindest nicht jetzt.

»Ja, klar. Geh schon mal runter. Ich komme nach. Nein halt, bleib hier. Wir gehen zusammen runter, ja?«

Mit Maria runtergehen würde ihn beschützen. Vor Mia. Und ihren Blicken.

37

Einfach so tun, als wäre nichts. Die würden sich irgendwann schon beruhigen. Ein belangloses Thema anschneiden und dann einfach drauflos schnattern. Zumindest Erik war dafür immer zu haben. Und Mia würde sich schon irgendwann fügen.

»Und? Welchen Unfug habt ihr heute angestellt?«

Mia sah ihn skeptisch an. So als wolle sie sagen, auf diesen billigen Trick falle ich nicht herein. Wenigstens Erik lachte. Es war zum Heulen.

»Wir sind ein bisschen rumgefahren. Haben uns die Gegend angesehen. Zum Schluss waren wir sogar noch in Oberstdorf. Hättest mitkommen sollen. Schönes Städtchen. Hat sich wirklich gelohnt.«

Hieran ließ sich anknüpfen.

»Wenn ich das gewusst hätte, wäre ich dabei gewesen. Hab mir nach dem Frühstück nur kurz die Beine vertreten wollen. Und als ich dann wiederkam, wart ihr schon weg.«

Mias Blick war noch skeptischer geworden, falls eine Steigerung überhaupt möglich war. Sie durchschaute ihn. Ihr hatte er nie was vormachen können.

»Mensch Johann, wenn ich das gewusst hätte. Aber wir haben ja noch ein paar Tage. Zwei zumindest. Da machen wir noch mal was zusammen, einverstanden?«

Johann schaute Erik dankbar an. Hatte er ihn falsch eingeschätzt? Er war ein Langweiler, keine Frage. Aber hatte dieser Langweiler etwa Sympathien für ihn? Bisher jedenfalls war er vom Gegenteil ausgegangen. Aber bisher hatte ihn das eigentlich auch nicht interessiert. War sicher nicht immer einfach gewesen für ihn. Mit ihm als Schwiegervater. Er hatte Erik immer spüren lassen, dass er sich einen anderen Mann für seine Tochter gewünscht hatte. Dass er ihn für einen Versager hielt. Und wie sich das anfühlte, davon konnte er ja selbst ein Lied singen.

Und Mia, die sensible? Hatte es vom ersten Tag an gespürt. Sein Blick, als er die beiden auf dem Dorffest zum ersten Mal miteinander hatte tanzen sehen. Damals hatte er noch gehofft, dass es bei einer kurzen Liaison bleiben würde. Aber irgendwann hatte Erik dann bei ihnen am Tisch gesessen. Sonntag nachmittags im Wohnzimmer. Maria hatte Kuchen gebacken und war ganz aufgeregt gewesen. Sie hatte ihn angesehen mit einem Blick, der sagte: *Endlich einer, der es ernst mit ihr meint.*

Mia war schon zweiundzwanzig gewesen, damals. Irgendwann hatte sogar er sich gefragt, ob da noch mal einer kommen würde. Einer mit Absichten. Sie war keine Schönheit. Ganz und gar nicht. Und auch sicher keine aufregende Frau. Das wusste er. Aber sie war relativ klug und einfühlsam. Und sie hatte Humor. Sie hätte noch warten sollen, hatte er damals zu Maria gesagt. Irgendwann wäre schon noch jemand gekommen. Einer mit beruflichem Hintergrund. Einer auf Augenhöhe. Und vielleicht auch nicht gerade einer, der drei Jahre jünger war als sie. Klar, er war auch jünger als Maria. Aber nur zwei Jahre. Und abgesehen davon war das damals auch etwas anderes gewesen.

Aber sie hatte nicht gewartet. Sie hatte sich für Erik entschieden. Und Maria hatte diese Entscheidung unterstützt, von Anfang an. Die Sache mit Erik war seiner Erinnerung nach eine der wenigen Entscheidungen gewesen, in der sich Maria ihm gegenüber durchgesetzt hatte. Wie damals bei ihrem Vater.

Auf jeden Fall schien nach diesem Nachmittag dann alles abgemachte Sache zu sein. Von da an war er regelmäßig in ihr Haus gekommen. Hatte seinen kritischen Blick ertragen und seinen Fragen standgehalten.

So gut er konnte.

38.

Etwa zweihundert Kilometer waren es bis zu Johanna. Falls sie noch dort wohnte. Das war ja wohl locker zu schaffen an einem Tag. Zwei Stunden hin und zwei zurück. Nach Ende des Urlaubs würde er sich in der Kanzlei einen freien Tag nehmen und sich dann in die Nähe ihres Hauses stellen. Er würde sich eine Stelle suchen, wo er nicht entdeckt werden konnte. Würde schon nicht so schwer sein. Und dann würde er auf sie warten. Ob sie sich veränderte hatte? Seit ihrem letzten Treffen waren zwölf Jahre vergangen. Jahre, die man sicher sehen würde. Aber einer Frau wie ihr würden die Jahre nichts anhaben. Anders als ihm. Sie würde immer schön sein. Sogar als alte Frau.

Immer wieder musste er sich vorstellen, wie sie mit Ben an der Hand auf ihr Haus zuging. Mal sah er sie im bunten Sommerkleid, mal im Bürodress. Mal mit hochgesteckten Haaren, mal mit offener Frisur. Er sah sie genau vor sich. Wie sie sich lachend mit Ben unterhielt, der mal einen Fußball in der Hand hielt und mal seine Schultasche auf dem Rücken trug. Ob seine Haare noch so lang waren wie auf dem letzten Foto? Süß hatte er ausgesehen. Mit seinen langen schwarzen Locken.

Immer häufiger ging er in seiner Fantasie so weit, dass er auf die beiden zuging. Johanna brauchte dann immer ein bisschen, bis sie realisierte, dass er es war. Manchmal schaute sie ihn dann hasserfüllt an und ging ohne ein Wort zu sagen schnellen Schrittes weiter. Ben fest an die Hand nehmend. Der sie verständnislos ansah, weil er sich das nicht erklären konnte. In anderen Fantasien schaute sie ihn lange traurig an, gab sich dann einen Ruck und ging langsam auf ihr Haus zu. Schaute nur noch einmal kurz zurück, bevor sie im Hauseingang verschwand.

Seit neuestem aber traten ihr bei seinem Anblick die Tränen in die Augen. Die sie dann verstohlen wegwischte, damit Ben es nicht bemerkte. Ben, der seine Mutter dann fragend ansah, wer denn dieser Mann sei. Johanna stellte ihn dann kurz vor, natürlich ohne ihm ihre Beziehung zu erläutern. An diesem Punkt brach der Film dann regelmäßig ab. Weiter reichte seine Fantasie nicht. Aber bis zu diesem Punkt hatte er die Begegnung mittlerweile schon mindestens zwanzigmal durchdacht.

Aber das war eine Fantasie. Die Realität würde anders aussehen. Er würde sie beobachten. Nicht mehr. Nur beobachten.

39.

Maria hatte sich heute Abend wieder mindestens fünfzehn Minuten lang die Haare gekämmt. Machte sie das
immer in dieser Ausführlichkeit? Vorsichtshalber
hatte er sich diesmal auf den äußersten Rand seiner
Betthälfte gelegt. Hoffentlich kam sie nicht wieder auf
die Idee, sich ihm zu nähern. Noch einmal einschlafen,
das würde sie ihm nicht abnehmen. Vielleicht sollte er
sich ein Buch nehmen. Dabei hatte sie ihn noch nie ge-
stört. Noch nicht einmal mit Fragen. Ein Buch, das war
die Lösung.
»Liest du noch, Johann? Ich bin müde. Ich mache jetzt
mein Licht aus. Mach du auch nicht mehr so lange. Ist
doch schon spät.«

Er hatte nicht gut geschlafen. War spät eingeschlafen
und hatte sich die ganze Nacht von einer Seite auf die
andere gewälzt. Als er die Augen aufschlug, war Maria
gerade dabei, sich anzuziehen.
»Wollen wir uns heute noch mal an den Pool legen?«
»Machen wir«, hatte er bemüht freundlich geantwor-
tet. Es war ihr vorletzter Urlaubstag und er ahnte, dass
Maria ihm jede andere Antwort übelgenommen hätte.
»Und die anderen? Kommen die auch mit?«
»Lass die jungen Leute doch mal ihr eigenes machen.«
Er hasste es, wenn Maria von *den jungen Leuten*
sprach. Das tat sie oft. Als wollte sie ihm damit klarma-

chen, dass er nicht mehr dazu gehörte. Zu *den jungen Leuten.*

Zwei Stunden später hatten sie sich also Richtung Pool begeben und sogar noch zwei Liegen ergattert. Ohne das übliche Prozedere. Lag wohl daran, dass heute Abreisetag war und die meisten Gäste mit Kofferpacken beschäftigt waren. Wohlig räkelte sich Maria auf ihrer Liege. Einen Schmöker in der Hand. Einen von der Sorte, für den er sich schämte. Johann betrachtete sie. Als Maria seinen Blick bemerkte, lächelte sie. Dann versank sie wieder in ihr Buch.

War das das Leben, das er führen wollte? Wie hätte er reagiert, wenn ihm jemand vor dreißig Jahren ein Foto dieser Situation in die Hand gedrückt hätte: *Das bist du mit Mitte sechzig.* Statistisch gesehen hatte er vielleicht noch zwanzig Jahre vor sich, wenn überhaupt. Wollte er diese letzten Jahre wirklich so leben? Was hatte ihn damals eigentlich veranlasst, an Johannas Worten zu zweifeln? Sie hatte ihn geliebt. Wie nie einen Mann zuvor. Sie wollte für immer bei ihm bleiben. Wie oft hatte sie das gesagt. Warum hatte er ihr nicht geglaubt? Sie hatte ihm nie Anlass zu Misstrauen gegeben.

Alles könnte ganz anders sein, jetzt. Vielleicht würden sie gerade zu dritt in den Anden wandern oder wären in San Franzisko oder Reykjavik oder irgendwo sonst.

Vielleicht wären sie mittlerweile auch zu viert. Aber egal, ob zu dritt oder viert, ganz bestimmt würden sie nicht am Pool eines Hotels im Kleinwalsertal liegen. Nichts gegen Österreich, aber sie fuhren seit mindestens zwanzig Jahren hierher. Lediglich der Ort wechselte. Immer zwei Wochen und immer die gleiche Art Hotel. Und seit ungefähr elf Jahren auch fast immer mit Mia und Erik. Und Leo natürlich. Er mochte Österreich, er mochte die Berge. Aber er hasste diese selbstverständliche Gleichförmigkeit, mit der sein Leben Jahr für Jahr vor sich hin waberte. Mit Johanna wäre es anders. Selbst hier. Mit ihr wäre selbst ein Nachmittag am Pool aufregend gewesen.

Und wenn er ihr erst einmal schreiben würde? Anstatt ihr wie ein Halbwüchsiger in der Nähe ihrer Wohnung aufzulauern? Wäre das nicht die würdigere Art, den Kontakt wieder aufzunehmen?

Johann hatte sich gerade auf die Seite gedreht, als ihm bereits die ersten Zeilen durch den Kopf schossen.

40.

Liebe Johanna,
du wunderst dich bestimmt, nach so langer Zeit von
mir zu hören. Und ehrlich gesagt befürchte ich, dass
meine Zeilen ungelesen im Papierkorb landen. Bitte
nicht! Nimm dir die Zeit und höre dir an, was ich zu
sagen habe.

Aber da ging es doch schon los. Was hatte er überhaupt zu sagen? Dass er seine Entscheidung bereuen würde? Sollte er nicht unverfänglicher beginnen? Vielleicht erst einmal etwas von sich erzählen? Aber was hätte er erzählen sollen? Dass er gerade mit Maria und der Familie Urlaub in einem Hotel in Österreich machte? Und auch sein restliches Leben war nicht so spannend, dass man eine Frau damit hätte fesseln können. Dass ihn die Erinnerungen an sie nicht loslassen würden? Dann wiederum würde sie sich zu Recht fragen, weshalb er für diesen Brief zwölf Jahre gebraucht hatte. Oder sollte er ehrlich sein und ihr mitteilen, dass die zufällige Begegnung mit einem elfjährigen Jungen alles wieder an die Oberfläche befördert hatte? Bei einer solchen Begründung würde sie seinen Brief als Strohfeuer abtun. Als eine melancholische Anwandlung, die genauso schnell wieder verebben würde, wie sie gekommen war. Mit dieser Einschätzung hätte sie zwar danebengelegen. Aber wer hätte ihr das verübeln können?

Und wenn er ihr schildern würde, wie schwer ihm die Entscheidung damals gefallen war? Wenn er ihr die Tage und Nächte vor der Entscheidung beschreiben würde, so wie er sie heute in Erinnerung hatte? Dass er sich zermartert hatte, bis er kaum noch er selbst war. Dann aber blieb die Frage, warum er sich so und nicht anders entschieden hatte. Und dann hätte er Farbe bekennen müssen. Hätte ihr gestehen müssen, dass er nicht der Mann war, den sie in ihm gesehen hatte. Dass da neben seiner starken, selbstbewussten Seite auch noch eine ganz andere Seite war. Eine Seite, die nach Halt suchte, die Sicherheit brauchte. Dass er Ängste hatte, von denen er ihr nie erzählt hatte. Wie würde sie darauf reagieren? Wie hätte sie damals darauf reagiert?

Eine solche Beichte war für einen ersten Kontakt doch viel zu lastend, zu schwer. Zunächst einmal sollte er sich einfach für seine letzten Zeilen entschuldigen. Mit denen er sie gebeten hatte, ihm keine Fotos mehr zu schicken. Das musste sie so verletzt haben. Daran musste er anknüpfen. Das musste er erklären. Er musste sie um Verzeihung bitten. Und wenn sie darauf reagieren würde, dann konnte der nächste Schritt folgen. Langsam musste er vorgehen. Sie auf keinen Fall überfordern.

Liebe Johanna,
du wunderst dich bestimmt, nach so langer Zeit von
mir zu hören. Und ehrlich gesagt befürchte ich, dass

meine Zeilen ungelesen im Papierkorb landen. Dazu
hättest du auch jedes Recht. Ich schäme mich so sehr,
dich damals gebeten zu haben, mir keine Fotos mehr
von Ben zu schicken. Schämen ist gar kein Ausdruck.
Ich habe mich schäbig benommen und wünsche mir
nichts mehr, als mein Verhalten rückgängig machen
zu können.

Seit fünf Jahren kein Lebenszeichen von euch. Das tut
weh. Und zu wissen, dass das alleine meine Schuld ist,
macht es nur noch schlimmer.

Bitte antworte mir. Ich warte darauf!
Johann

Zu unverbindlich. Johanna würde denken, er wolle
weiterhin auf der Basis von Briefen mit ihr in Kontakt
bleiben. Auch wenn er nicht direkt mit der Tür ins
Haus fallen wollte, aber zumindest eine Andeutung
dessen, was er empfand, musste doch in seinen Zeilen
zum Ausdruck kommen. Er zerriss den Brief. Aber wohin damit? Der Papierkorb wurde erst morgens geleert.
Und wenn Maria die Papierschnipsel vorher finden
würde? Nein, er würde sie verbrennen. Am besten auf
dem Balkon.

»Was machst du da, Johann? Du räucherst ja das
ganze Zimmer ein.«
Seit wann war sie hier? Und wie sollte er das erklären?
Johanns Gehirn lief auf Hochtouren.
»Nicht böse sein, Maria. Ich habe ein Mandanten-

schreiben mit in den Urlaub genommen. Und weil ich ja weiß, wie allergisch du auf Arbeit im Urlaub reagierst, habe ich es verbrennen wollen. Sprich es ruhig aus. Ich benehme mich gerade wie ein kleiner Junge, oder?«

Maria lachte. »Immer dasselbe mit dir. Kannst nie abschalten. Noch nicht einmal im Urlaub.«

Erleichtert griff Johann zur Zeitung. Plötzlich schaute er auf. Warum hatte er die Schnipsel nicht einfach in seine Hosentasche gesteckt? Auf die naheliegendste Lösung war er nicht gekommen. Jetzt behalte mal die Nerven, alter Junge, dachte er und schüttelte kaum merklich den Kopf.

41.

Johann hätte sich ohrfeigen können. Er saß mit Maria am Frühstückstisch und wartete auf den Rest der Familie. Was war er doch für ein Arschloch. Mandantenbrief verbrannt. Wie konnte er so ekelhaft sein. Und Maria hatte es auch noch geglaubt. Aber was sollte er tun? Er musste Johanna schreiben. Das alles ließ sich jetzt doch nicht mehr zurückdrehen. Nein, nicht wieder davonlaufen. Jetzt endlich Nägel mit Köpfen machen.

Der Brief war eigentlich gar nicht so schlecht gewesen. Es hatte nur eine Zeile gefehlt. Eine Zeile, die Johanna andeutete, dass da immer noch mehr war als lediglich der Wunsch nach Briefkontakt. Vielleicht hätte er einfach nur einen Satz ergänzen sollen. So etwas wie: *Es gibt keinen Tag, an dem ich nicht an dich denke.*

Was die Situation ja richtig beschrieb. Zumindest seitdem er Lasse zum ersten Mal auf dem Fußballplatz begegnet war. Aber mit einer solchen Aussage würde er Pflöcke einschlagen. Ein solcher Satz würde Erwartungen wecken. Erwartungen, die er dann auch erfüllen musste. Und dazu musste er sich sicher sein. War er das wirklich? Und wieder rasten die Gedanken durch seinen Kopf. Unkontrollierbar. Wurden immer schneller. Rasten aufeinander zu. Kollidierten. Es war, als würde sein Kopf explodieren.

»Noch einen Cappuccino, der Herr?«

Noch bevor er aufgesehen hatte, wusste er, dass es die schöne Kellnerin war. Er hatte sie an ihrem Duft erkannt. Dem Duft nach Melone und Orange. Ein Duft, der ihn regelmäßig erschaudern ließ.

Er schaute hoch und sah sie an. Aber ihr Anblick berührte ihn nicht mehr.

42.

»Wollen wir heute mal einen Spaziergang mit der ganzen Familie machen? Wäre immerhin das erste Mal in diesem Urlaub.«

Erik hatte ihn erwartungsvoll angesehen. So als wollte er sagen: *Du hast es versprochen vor ein paar Tagen. Hast du das etwa schon wieder vergessen?*

Nein, hatte er nicht. Sie würden spazieren gehen heute, als Familie.

Richtig oder eine Strecke für Laumänner?, hätte er fast geantwortet, bevor ihm sein Instinkt sagte, dass er sich diese Bemerkung besser verkneifen sollte. Jetzt, wo Erik so um gute Stimmung bemüht war.

»Such du eine Strecke aus, Erik. Ich bin dabei.«

Maria schaute ihn dankbar an. Das war eine Antwort nach ihrem Geschmack.

Heute musste er den Brief schreiben. Wenn er es nicht vor Urlaubsende tat, war die Gefahr zu groß, dass sein Schwung verloren ging. Dass ihn seine Bedenken wieder einholten. Aber formulieren konnte er sein Schreiben ja auch während des Spaziergangs.

»Wir gehen mit Opa spazieren? Spitze!«

Der Kleine hatte sich richtig gefreut. Der Urlaub hatte seinem Verhältnis zu Leo richtig gutgetan. Er konnte sich nicht erinnern, dass sich sein Enkel jemals zuvor auf eine Unternehmung mit ihm gefreut hatte.

»Na, dann los. Schuhe an und Abmarsch!«

Erik hatte sich eine längere, aber nicht zu lange Strecke ausgesucht. Und die hatte er, soweit das in der kurzen Zeit möglich war, bereits ziemlich genau geplant. Erik halt. Bis Riezlern würden sie mit dem Auto fahren und dort im Jägerwinkel einen Parkplatz suchen. Johann schaute halb bewundernd, halb entsetzt auf. Erik hatte sogar bereits die Straße herausgesucht, auf der sie parken würden. Dann würden sie zu Fuß über die Schwendebrücke Richtung Gasthof Bergblick gehen und dann über den Straußbergweg Richtung Fuchsloch bis zur Müllers Alpe. Dort würden sie einkehren und dann zurück. Johann überlegte, welche Formulierung im Wanderführer Erik wohl zu dieser Auswahl animiert hatte. *Bei dieser Wanderung ist keine Trittsicherheit erforderlich. Hervorragend für Senioren und Familien geeignet.* Ja, so in etwa musste die Beschreibung gelautet haben.

Und dann waren sie losgezogen. Hatten über dies und das geredet, bis Maria plötzlich erwartungsvoll in die Runde gefragt hatte: »Und wisst ihr, was wir als nächstes machen werden?«

»Als nächstes? Was meinst du damit?«

»Na, ich meine unseren nächsten Urlaub. Wir könnten doch auch mal was ganz Außergewöhnliches planen. Tunesien oder Ägypten. Etwas, das nicht jeder macht."

Johann schaute sie fragend an. Hatte sie gesagt: *nicht jeder macht?*

»Ich habe vor kurzem mal Kataloge gewälzt. Da gibt es Resorts, da zahlt man inklusive Flug und Vollpension weniger als hier.«

Erik schaute skeptisch in Marias Richtung.

»So etwas will aber anständig geplant sein, Maria. Da fährt man nicht mal einfach so hin. Mit Sicherheit muss man sich impfen lassen. Und was da sonst noch alles auf einen zukommt.«

»Wir haben doch ein Jahr Zeit. Bis dahin müsste das ja wohl zu machen sein. Die Dünkers waren übrigens auch letztes Jahr in Afrika. Und die Edeltraut hat mir erzählt, dass die da sogar alle deutsch gesprochen haben.«

Wie sehr ihn diese Art Gespräche nervten. Jeder einzelne Satz tat weh. Maria versuchte, einen auf abenteuerlustig zu machen. Wohl wissend, dass Erik, der übervorsichtige, sie sowieso schon bremsen würde. Und was hieß hier überhaupt abenteuerlustig? Ihre Vorstellung von einem Urlaub in *Afrika* beschränkte sich letztlich ja doch nur darauf, den ganzen Tag am Pool zu liegen und Schundromane zu lesen. Warum also *Afrika*? Das, was sie sich von einem solchen Urlaub versprach, konnte sie genauso gut hier in Österreich tun. Wenn man mal davon absah, dass das Wetter hier weniger stabil war.

Mia hatte geschwiegen. Hatte abwechselnd zu ihrer Mutter, zu Erik und zu ihm geschaut. Mit diesem durchdringenden Blick, der erkunden wollte, wie ihr Vater auf die zaudernden Bemerkungen ihres Mannes reagieren würde. Aber er hatte sich zurückgehalten. Keinen Ton gesagt. Gott sei Dank.

Erst jetzt merkte er, dass Maria langsam die Kräfte ausgingen. Kein Wunder, sie war ja nichts gewohnt.
»Alles in Ordnung, Maria?«
»Ja klar. Aber ganz schön heftig, die Wanderung, oder?«
»Wir haben gerade mal ein Viertel des Weges geschafft, wenn überhaupt«, hatte er bemüht ruhig geantwortet.

Warum machte ihn das alles so aggressiv? In den letzten Tagen hatte Maria ihm auch wirklich gar nichts mehr recht machen können. Er war ungerecht. Er hasste sich für seine Gefühle.

Aber er hatte keine anderen.

43.

Letztlich hatten sie eine Abkürzung gewählt. Nachdem sich Maria irgendwann leichenblass auf eine Bank hatten fallen lassen und allen klar gewesen war, dass sie den Rest der Wanderung nicht durchstehen würde. Keiner hatte etwas gesagt, als er am Waldhaus anders als geplant rechts abgebogen war und die Strecke somit um mindestens ein Drittel verkürzt hatte. Gut, dass es Maria nicht aufgefallen war. Sie hätte sich sonst schuldig gefühlt. Und alt. Und das hätte er jetzt überhaupt nicht ertragen.

Als sie dann endlich das Hotel erreicht hatten, sank Maria erledigt auf ihr Bett.
»Eine wunderbare Wanderung, Johann, oder? So etwas sollten wir viel öfter machen. Ich kann's ja, wenn ich nur will.«
Und dann hatte sie ihn strahlend angesehen. Und er hatte genickt.

Der Brief. Er hatte immer noch keine endgültige Formulierung für seinen Brief gefunden. Und er hatte nur noch zwei Bögen Papier zur Verfügung. Mal abgesehen von dem Block des Hotels. Aber den konnte er nun wirklich nicht benutzen. Das wäre geschmacklos. Johanna gegenüber. Aber einen Entwurf, den konnte er auch auf dem Hotelblock formulieren.

44.

Der Anfang konnte so bleiben. Der war perfekt formuliert. Und wenn er dann noch diesen einen Satz einfügen würde: *Jeden Tag an dich gedacht* ... Dann wäre es eine runde Sache. So würde er es machen.

»Morgen müssen wir ja die Koffer packen. Am besten fangen wir heute Abend schon damit an. Dann ist es morgen weniger stressig. Was meinst du, Johann?"

Er schüttelte den Kopf. »Lass uns das morgen machen. Ist doch schnell passiert.«

Morgen würden sie zurückfahren. Zwei Wochen waren vergangen. Zwei Wochen, die sein Leben völlig durcheinandergeworfen hatten. Bereute er diesen Urlaub? Nein, er bereute nichts. Dieser Urlaub hatte ihm die Augen geöffnet. Und das war gut so.

Aber der Brief. Er musste endlich den Brief schreiben. Ob Maria noch mal runtergehen würde vor dem Abendessen? So erledigt, wie sie wirkte, war das mehr als unwahrscheinlich.

»Ich setze mich noch ein bisschen ins Café unten. Dann kannst du dich noch ein bisschen ausruhen. Ich hole dich dann zum Abendessen ab. In Ordnung?«

Maria lächelte dankbar. »In Ordnung. Bis gleich.«

Johann nahm den Hotelblock und einen Kugelschreiber und verließ das Zimmer.

»Jetzt lass die Arbeit mal da, wo sie hingehört«, hatte

Maria ihm noch lachend hinterhergerufen. Aber da war die Tür schon ins Schloss gefallen.

45

Hier in der Ecke war er sicher. Falls Mia oder Erik auf die gleiche Idee kämen, würde er sie frühzeitig sehen.

Liebe Johanna,
du wunderst dich bestimmt, nach so langer Zeit von mir zu hören. Und ehrlich gesagt befürchte ich, dass meine Zeilen ungelesen im Papierkorb landen. Dazu hättest du auch jedes Recht. Ich schäme mich so sehr, dich damals gebeten zu haben, mir keine Fotos mehr von Ben zu schicken. Schämen ist gar kein Ausdruck. Ich habe mich schäbig benommen und wünsche mir nichts mehr, als mein Verhalten rückgängig machen zu können.

Seit fünf Jahren kein Lebenszeichen von euch. Das tut weh. Und zu wissen, dass das alleine meine Schuld ist, macht es nur noch schlimmer.

Es gibt keinen Tag, an dem ich nicht an dich denke. Bitte antworte mir. Ich warte darauf!
Johann

Verdammt, warum hatte er das Papier für den Brief nicht mitgenommen. Er hätte seinen Text jetzt doch sofort übertragen können. Ob er noch mal hochgehen sollte? Aber Maria war bestimmt längst eingeschlafen und würde dann wach werden. Schreckhaft, wie sie war. Aber morgen würde es viel komplizierter werden. Zwischen Frühstück und Koffer packen. Und einen Briefumschlag musste er ja auch noch besorgen. Ob die an der Rezeption vielleicht einen Umschlag ohne den Aufdruck des Hotels hatten?

»Entschuldigen Sie, haben Sie einen ganz neutralen Briefumschlag? Ohne Hotelaufdruck? Ich muss ein Mandantenschreiben verschicken.«

»Ich schau mal nach. Bin gleich wieder da.«

Johann schaute besorgt um sich. Niemand in Sicht. Er hätte nicht gewusst, wie er das hätte erklären sollen.

»Sie haben Glück. Ich habe einen Umschlag gefunden. Blütenweiß, wie gewünscht. Bitte sehr.«

Das war geschafft. Eine Briefmarke musste er noch in seiner Brieftasche haben. Vielleicht hatten die an der Rezeption ja auch *blütenweißes* Papier. Dann könnte er sich den Gang nach oben sparen.

»Verzeihen Sie. Darf ich noch mal stören? Ich brauche noch einen Bogen Papier. Ganz weiß, ohne Aufdruck. Würden Sie noch mal schauen?«

Kurze Zeit später war auch dieses Problem gelöst. Johann starrte den Bogen an. Seine Hände zitterten. So konnte er unmöglich schreiben. Johanna musste ja denken, er sei in der Zwischenzeit tattrig geworden.

»Einen Cognac hätte ich gerne.«

»Kommt sofort, der Herr.«

Johann überlegte, wie lange es her war, dass er zum letzten Mal Cognac getrunken hatte. Eigentlich mochte er gar keinen Cognac. Aber er passte in die Situation.

Meine Herren, der stieg aber in den Kopf. Angenehm warm und wohlig, ganz anders als Wein oder Bier. Seine Hände waren ruhig geworden. Verschwitzt, aber ruhig. Er nahm ein Taschentuch aus seiner Hosentasche und wischte sich die Finger ab. Nicht dass er noch einen Flecken fabrizierte und das ganze Theater von vorne losgehen würde. Und dann fing er an zu schreiben.

Ob er den Brief heute noch einschmeißen sollte? Besser wäre es ja. Wegen Maria. Oder morgen? Er konnte den Brief ja genauso gut im Zimmer verstecken. Wenn er Maria zum Abendessen abholen würde. Vorsichtshalber ohne Adresse. Und dann morgen vor der Abfahrt schnell in den Briefkasten damit. War da nicht sogar einer im Hotel, direkt neben dem Eingang?

46.

»Johann, nicht alles in den Koffer schmeißen. Leg die schmutzigen Sachen bitte in die Tüte, die ich dir dahin gelegt habe. Und die sauberen musst du falten. Sonst muss ich sie wieder bügeln, wenn wir zuhause sind.«
Wie oft hatte er diese Sätze schon gehört? Und gleich würde sie ihm vorschlagen, den Koffer für ihn zu packen.
»Oder soll ich den Koffer für dich packen?«
»Nein, Maria. Ich bin schon groß.«
Jetzt würde sie sagen, dass er aber keine Übung darin habe.
»Aber du hast keine Übung darin, Johann. Männer tun sich doch immer schwer mit sowas.«
Der zweite Satz war neu. Hätte er schwören können. Sie hatte ihrem ewig gleichen Monolog einfach so mir nichts dir nichts einen neuen Satz hinzugefügt. Aber auf diesem Niveau würde sich vermutlich auch die Abwechselung bewegen, die ihn in den nächsten zehn oder zwanzig Jahren erwartete. Nicht mehr und nicht weniger. Er nickte müde.

»Bringst du die Koffer schon in den Wagen?«
Auch das war immer gleich. Die Koffer mussten im Wagen sein, bevor man am Frühstückstisch saß. Wie unpraktisch. Man konnte sich noch nicht einmal mehr durch die Haare kämmen. Oder die Zähne putzen oder was man sonst noch so tat, bevor man losfuhr. Wenn

der Koffer noch da wäre. Gleich würde sie vermutlich erwähnen, dass Heinrich Dünker, Edeltrauts Mann, die Koffer immer schon abends ins Auto brachte. Das war seit Jahren ihr Totschlagargument, wenn er ihrer letzten Bitte widersprochen hatte. Er wartete. Keine Heinrich-Geschichte? Auch gut.

»Hast du gehört, Johann? Heinrich ...«

»Ja, mach ich.«

»Beeile dich aber, Mia und Erik warten bestimmt schon im Frühstücksraum.

Ja, dachte Johann. Und das bestimmt seit mindestens einer halben Stunde. Schlug doch Eriks Überpünktlichkeit am Tag der Abreise erfahrungsgemäß besonders heftige Kapriolen.

»Ich beeile mich.«

»Hast du schon bezahlt? Denk dran, dass wir einen Teil ihrer Rechnung übernehmen wollten. Vielleicht das Essen und die Getränke oder Leos Zimmer.«

Gleich würde sie sagen, dass er doch einfach beides übernehmen solle. Nicht ohne ihn noch einmal auf die finanzielle Situation der beiden hinzuweisen.

»Weißt du was, übernimm doch beides. Du weißt doch, wie sehr die beiden rechnen müssen.«

Aus irgendeinem Grunde war Maria am Tag der Abreise noch berechenbarer als sonst.

»Und dann ist Erik wieder beleidigt, weil ich mich angeblich großkotzig benehme. Das hatten wir doch jetzt schon oft genug.«

»Es ist ihm halt unangenehm. Ist doch nachvollziehbar. Hättest du dich etwa gerne von meinem Vater aushalten lassen?«

»Nein, hätte ich nicht. Aber ich habe auch alles dafür getan, nicht in diese Situation zu kommen. Wenn du meine Meinung hören willst: An Eriks Stelle würde ich unter diesen Umständen gar nicht erst mitfahren.«

Was sollte diese blödsinnige Unterhaltung eigentlich? Auch diese Diskussion hatten sie doch schon hundertmal geführt. Er würde die beiden Posten übernehmen und gut war's.

Erik schaute sie vorwurfsvoll an, als sie den Frühstücksraum betraten.

»Hatten wir nicht neun Uhr gesagt?«

»Nein, Erik. Wir haben halb zehn gesagt. So wahr ich hier stehe.«

Aber Maria korrigierte ihn: »Neun, halb zehn haben wir gesagt, Johann.«

»Und seit wann sitzt du schon hier, Erik? Seit acht?«

Mia hatte abrupt ihre Brille abgenommen. Diese Geste hatte sie von Maria abgeguckt. Brille runter, böser Blick und dann die Brille noch mindestens dreißig Sekunden vorwurfsvoll vor sich halten. Ganz die Mutter. Er würde jetzt einfach nur noch schnell etwas frühstücken und dann endlich den Brief einwerfen.

»Jetzt iss mal tüchtig, Johann. Wir haben noch eine lange Fahrt vor uns.«

47.

Johann hielt den Brief in seinen Händen. Zuerst die Marke drauf. Und jetzt die Adresse. Geschafft. Gleich würden sie um die Ecke kommen. Alle vier, gut gelaunt. Trotz seiner Bemerkung. Denn am letzten Tag würde man sich nicht streiten. Eine von Marias Regeln.

Der Absender fehlte noch. Was aber, wenn Johanna längst woanders wohnte? Und so ein Nachsendeauftrag lief ja auch nicht unbegrenzt lange. Ein Jahr, wenn überhaupt. In einem solchen Fall würde der Brief zurückkommen. *Return to sender.* Und er vielleicht nicht zuhause.

Aber würde Johanna seine Worte ernst nehmen ohne Absender? Ernst nehmen können nach all dem, was passiert war? Würde sie die fehlende Adresse nicht an seiner Entschlossenheit zweifeln lassen? Johann zögerte kurz.

Dann warf er den Brief in den Kasten.

Danke an Simone und Hinrich für ihre hilfreiche Kritik und eine Menge wertvoller Anregungen.